15008

COLECCIÓN POPULAR

8

LA MUERTE TIENE PERMISO

EDMUNDO VALADÉS

La Muerte
tiene permiso

FONDO DE CULTURA ECONÓMICA
México

Primera edición,	1955 (Letras Mexicanas)
Primera reimpresión,	1959
Segunda reimpresión,	1959 (Colección Popular)
Tercera reimpresión,	1963
Cuarta reimpresión,	1964
Quinta reimpresión,	1969
Sexta reimpresión,	1973
Séptima reimpresión,	1973
Octava reimpresión,	1975
Novena reimpresión,	1979
Décima reimpresión,	1981
Decimaprimera reimpresión,	1982
Decimasegunda reimpresión,	1983
Decimatercera reimpresión,	1985
Decimacuarta reimpresión,	1986
Decimaquinta reimpresión,	1987

D. R. © 1955, FONDO DE CULTURA ECONOMICA
D. R. © 1986, FONDO DE CULTURA ECONOMICA, S. A. de C. V.
Av. de la Universidad 975; 03100 México, D.F.

ISBN 968-16-0329-X

Impreso en México

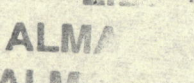

ÍNDICE

La muerte tiene permiso	9
Estuvo en la guerra	16
No como al soñar	18
Como un animal, como un hombre	23
Al jalar del gatillo	30
La "grosería"	36
Asunto de dedos	40
Adriana	49
Un gato en el hambre	54
La infancia prohibida	58
El pretexto	69
Se solicita un hada	77
Todos se han ido a otro planeta	81
Las raíces irritadas	88
Un hombre camina	103
El girar absurdo	108
Qué pasa, Mendoza	115
En cualquier ciudad del mundo	126

LA MUERTE TIENE PERMISO

Sobre el estrado, los ingenieros conversan, ríen. Se golpean unos a otros con bromas incisivas. Sueltan chistes gruesos cuyo clímax es siempre áspero. Poco a poco su atención se concentra en el auditorio. Dejan de recordar la última juerga, las intimidades de la muchacha que debutó en la casa de recreo a la que son asiduos. El tema de su charla son ahora esos hombres, ejidatarios congregados en una asamblea y que están ahí abajo, frente a ellos.

—Sí, debemos redimirlos. Hay que incorporarlos a nuestra civilización, limpiándolos por fuera y enseñándolos a ser sucios por dentro...

—Es usted un escéptico, ingeniero. Además, pone usted en tela de juicio nuestros esfuerzos, los de la Revolución.

—¡Bah! Todo es inútil. Estos jijos son irredimibles. Están podridos en alcohol, en ignorancia. De nada ha servido repartirles tierras.

—Usted es un superficial, un derrotista, compañero. Nosotros tenemos la culpa. Les hemos dado las tierras, ¿y qué? Estamos ya muy satisfechos. Y el crédito, los abonos, una nueva técnica agrícola, maquinaria, ¿van a inventar ellos todo eso?

El presidente, mientras se atusa los enhiestos bigotes, acariciada asta por la que iza sus dedos con fruición, observa tras sus gafas, inmune al floreteo de los ingenieros. Cuando el olor animal, terrestre, picante, de quienes se acomodan en las bancas, cosquillea su olfato, saca un paliacate y se suena las narices ruidosamente. Él también fue hombre del campo. Pero hace ya mucho tiempo. Ahora, de aquello, la ciudad y su posición sólo le han dejado el pañuelo y la rugosidad de sus manos.

Los de abajo se sientan con solemnidad, con el recogimiento del hombre campesino que penetra en un recinto cerrado: la asamblea o el templo. Hablan parcamente y las palabras que cambian dicen de cosechas, de lluvias, de animales, de créditos. Muchos llevan sus itacates al hombro, cartucheras para combatir el hambre. Algunos fuman, sosegadamente, sin prisa, con los cigarrillos como si les hubieran crecido en la propia mano.

Otros, de pie, recargados en los muros laterales, con los brazos cruzados sobre el pecho, hacen una tranquila guardia.

El presidente agita la campanilla y su retintín diluye los murmullos. Primero empiezan los ingenieros. Hablan de los problemas agrarios, de la necesidad de incrementar la producción, de mejorar los cultivos. Prometen ayuda a los ejidatarios, los estimulan a plantear sus necesidades.

—Queremos ayudarlos, pueden confiar en nosotros.

Ahora, el turno es para los de abajo. El presidente los invita a exponer sus asuntos. Una mano se alza, tímida. Otras la siguen. Van hablando de sus cosas: el agua, el cacique, el crédito, la escuela. Unos son directos, precisos; otros se enredan, no atinan a expresarse. Se rascan la cabeza y vuelven el rostro a buscar lo que iban a decir, como si la idea se les hubiera escondido en algún rincón, en los ojos de un compañero o arriba, donde cuelga un candil.

Allí, en un grupo, hay cuchicheos. Son todos del mismo pueblo. Les preocupa algo grave. Se consultan unos a otros: consideran quién es el que debe tomar la palabra.

—Yo crioque Jilipe: sabe mucho...

—Ora, tú, Juan, tú hablaste aquella vez...

No hay unanimidad. Los aludidos esperan ser empujados. Un viejo, quizá el patriarca, decide:

—Pos que le toque a Sacramento...

Sacramento espera.

—Ándale, levanta la mano...

La mano se alza, pero no la ve el presidente. Otras son más visibles y ganan el turno. Sacramento escudriña al viejo. Uno, muy joven, levanta la suya, bien alta. Sobre el bosque de hirsutas cabezas pueden verse los cinco dedos morenos, terrosos. La mano es descubierta por el presidente. La palabra está concedida.

—Órale, párate.

La mano baja cuando Sacramento se pone en pie. Trata de hallarle sitio al sombrero. El sombrero se transforma en un ancho estorbo, crece, no cabe en ningún lado. Sacramento se queda con él en las manos. En la mesa hay señales de impaciencia. La voz del presidente salta, autoritaria, conminativa:

—A ver ése que pidió la palabra, lo estamos esperando.

Sacramento prende sus ojos en el ingeniero que se halla a un extremo de la mesa. Parece que sólo va a dirigirse a él; que los demás han desaparecido y han quedado únicamente ellos dos en la sala.

—Quiero hablar por los de San Juan de las Manzanas. Traimos una queja contra el Presidente Municipal que nos hace mucha guerra y ya no lo aguantamos. Primero les quitó sus tierritas a Felipe Pérez y a Juan Hernández, porque colindaban con las suyas. Telegrafiamos a México y ni nos contestaron. Hablamos los de la congregación y pensamos que era bueno ir al Agrario, pa la restitución. Pos de nada valieron las vueltas ni los papeles, que las tierritas se le quedaron al Presidente Municipal.

Sacramento habla sin que se alteren sus facciones. Pudiera creerse que reza una vieja oración, de la que sabe muy bien el principio y el fin.

—Pos nada, que como nos vio con rencor, nos acusó quesque por revoltosos. Que parecía que nosotros le habíamos quitado sus tierras. Se nos vino entonces con eso de las cuentas; lo de los préstamos, siñor, que dizque andábamos atrasados. Y el agente era de su mal parecer, que teníamos que pagar hartos intereses. Crescencio, el que vive por la loma, por ai donde está el aguaje y que le intelige a eso de los números, pos hizo las cuentas y no era verdá: nos querían cobrar de más. Pero el Presidente Municipal trajo unos señores de México, que con muchos poderes y que si no pagábamos nos quitaban las tierras. Pos como quien dice, nos cobró a la fuerza lo que no debíamos...

Sacramento habla sin énfasis, sin pausas premeditadas. Es como si estuviera arando la tierra. Sus palabras caen como granos, al sembrar.

—Pos luego lo de m'ijo, siñor. Se encorajinó el muchacho. Si viera usté que a mí me dio mala idea. Yo lo quise detener. Había tomado y se le enturbió la cabeza. De nada me valió mi respeto. Se fue a buscar al Presidente Municipal, pa reclamarle... Lo mataron a la mala, que dizque se andaba robando una vaca del Presidente Municipal. Me lo devolvieron difunto, con la cara destrozada...

La nuez de la garganta de Sacramento ha temblado. Sólo eso. Él continúa de pie, como un árbol que ha afianzado sus raíces. Nada más. Todavía clava su mirada en el ingeniero, el mismo que se halla al extremo de la mesa.

—Luego, lo del agua. Como hay poca, porque hubo malas lluvias, el Presidente Municipal cerró el canal. Y como se iban a secar las milpas y la congregación iba a pasar mal año, fuimos a buscarlo; que nos diera tantita agua, siñor, pa nuestras siembras. Y nos atendió con malas razones, que por nada se amuina con nosotros. No se bajó de su mula, pa perjudicarnos...

Una mano jala el brazo de Sacramento. Uno de sus compañeros le indica algo. La voz de Sacramento es lo único que resuena en el recinto.

—Si todo esto fuera poco, que lo del agua, gracias a la Virgencita, hubo más lluvias y medio salvamos las cosechas, está lo del sábado. Salió el Presidente Municipal con los suyos, que son gente mala y nos robaron dos muchachas: a Lupita, la que se iba a casar con Herminio, y a la hija de Crescencio. Como nos tomaron desprevenidos, que andábamos en la faena, no pudimos evitarlo. Se las llevaron a fuerza al monte y ai las dejaron tiradas. Cuando regresaron las muchachas, en muy malas condiciones, porque hasta de golpes les dieron, ni siquiera tuvimos que preguntar nada. Y se alborotó la gente de a deveras, que ya nos cansamos de estar a merced de tan mala autoridad.

Por primera vez, la voz de Sacramento vibró. En ella latió una amenaza, un odio, una decisión ominosa.

—Y como nadie nos hace caso, que a todas las autoridades hemos visto y pos no sabemos dónde andará la justicia, queremos tomar aquí providencias. A ustedes —y Sacramento recorrió ahora a cada ingeniero con la mirada y la detuvo ante quien presidía—, que nos prometen ayudarnos, les pedimos su gracia para castigar al Presidente Municipal de San Juan de las Manzanas. Solicitamos su venia para hacernos justicia por nuestra propia mano...

Todos los ojos auscultan a los que están en el estrado. El presidente y los ingenieros, mudos, se miran entre sí. Discuten al fin.

—Es absurdo, no podemos sancionar esta inconcebible petición.

—No, compañero, no es absurda. Absurdo sería dejar este asunto en manos de quienes no han hecho nada, de quienes han desoído esas voces. Sería cobardía esperar a que nuestra justicia hiciera justicia; ellos ya no creerán nunca más en nosotros. Prefiero solidarizarme con estos hombres, con su justicia primitiva, pero justicia al fin; asumir con ellos la responsabilidad que me toque. Por mí, no nos queda sino concederles lo que piden.

—Pero somos civilizados, tenemos instituciones; no podemos hacerlas a un lado.

—Sería justificar la barbarie, los actos fuera de la ley.

—¿Y qué peores actos fuera de la ley que los que ellos denuncian? Si a nosotros nos hubieran ofendido como los han ofendido a ellos; si a nosotros nos hubieran causado menos daños que los que les han hecho padecer, ya hubiéramos matado, ya hubiéramos olvidado una justicia que no interviene. Yo exijo que se someta a votación la propuesta.

—Yo pienso como usted, compañero.

—Pero estos tipos son muy ladinos, habría que averiguar la verdad. Además, no tenemos autoridad para conceder una petición como ésta.

Ahora interviene el presidente. Surge en él el hombre del campo. Su voz es inapelable.

Será la asamblea la que decida. Yo asumo la responsabilidad.

Se dirige al auditorio. Su voz es una voz campesina, la misma voz que debe haber hablado allá en el monte, confundida con la tierra, con los suyos.

Se pone a votación la proposición de los compañeros de San Juan de las Manzanas. Los que estén de acuerdo en que se les dé permiso para matar al Presidente Municipal, que levanten la mano...

Todos los brazos se tienden a lo alto. También las de los ingenieros. No hay una sola mano que no esté arriba, categóricamente aprobando. Cada dedo señala la muerte inmediata, directa.

—La asamblea da permiso a los de San Juan de las Manzanas para lo que solicitan.

Sacramento, que ha permanecido en pie, con calma, termina de hablar. No hay alegría ni dolor en lo que dice. Su expresión es sencilla, simple.

—Pos muchas gracias por el permiso, porque como nadie nos hacía caso, desde ayer el Presidente Municipal de San Juan de las Manzanas está difunto.

ESTUVO EN LA GUERRA

De pronto, todas las cabezas desaparecieron. Abrió más los ojos. Trató de perforar con la mirada la luz de los reflectores implacables. Sobre el campo, los jugadores corrían en todas direcciones. Un sordo, pavoroso clamor envolvía sus cuerpos sin cabezas. Agitaban sus brazos confusamente. Como si dirigieran su propia macabra danza. La danza macabra.

Él estaba tenso. El ruido martilleaba sus tímpanos. Creció su miedo. Ahora los rostros giraban en la cancha. Reflejaban un terror indescriptible. Su propio terror. No perseguían la pelota. Huían desesperados. Brincaban absurdamente. Con el salto mortal del soldado. Desaparecían. Volvían a emerger. Volaban. Destruidos en pedazos al chocar unos contra otros.

Empezó a oír el graznido de las ametralladoras. El ruido del mar. El ruido del miedo. El silbatazo del ataque. Y gritos. Gritos espantosos que le taladraban la espina dorsal. ¿Llegaría a disparar por fin el cañón camuflado bajo la malla del arco?

Reaparecieron las cabezas y los cuerpos. Las cabezas subían y bajaban las gradas. Saltaban a la izquierda y a la derecha. Uno, dos. Uno, dos. A la derecha y a la izquierda. Uno, dos. Rodaban unas sobre otras. Saltaban unas sobre otras. Uno, dos. Lo aplastaban. Iban a aplastarlo. Uno, dos. Y los gritos...

Se lanzó por las escaleras. A ganar la playa. A esconderse en las trincheras. La salida. A empellones. Empujando los cadáveres móviles que cerraban el paso.

La puerta. La plaza. Arriba, siempre el cielo. El cielo.

Detuvo un taxi: al hotel.

Cerró los ojos. Los abrió de nuevo. ¿Y el chofer? Había desaparecido. Él iba solo sobre el tanque que devoraba las avenidas. Traspasaba los muros. Se estrellaba contra los árboles. Mil reflectores enfocaban su marcha. Más aprisa. Aprisa.

Luego, lo de siempre: el silencio largo.

"¿Le pasa algo?"

Pagó. Entró en el hotel. A su cuarto.

Se desplomó sobre la cama.

A gemir la paz definitivamente perdida para él.

NO COMO AL SOÑAR

¿Se atrevería, hoy? Las muchachas estaban en el balcón, sonriendo, con sonrisas que eran misterio y alfileres. Sonrisas que le separaban de ellas, de *la Tichi*. ¿Se atrevería? El corazón lo golpeó y le vino el impulso de correr, de regresar, de ir por otra calle.

¡Era tan distinto de noche, durante sus sueños! No como allí, a pleno día, con los ojos abiertos, en este pueblo que tenía un nombre concreto, Mocorito, y cada persona era quien era y uno no podía ser de otro modo. En el sueño no. Él entonces era como hubiera querido ser de día: con valor para llegar hasta *la Tichi*, sin ninguna vergüenza, sin ruborizarse. Simplemente, sin ninguna complicación. Era. Exactamente como no podía ser, en este otro mundo, sintiendo el sol categórico del mediodía, ahora, cerca de su sueño despierto.

"Sí, se lo daré al pasar. Nada más se lo doy."

Ahí estaban las muchachas, riendo, hablando en voz alta palabras secretas. Muy difícil, muy doloroso darse valor. Había perdido el paso, estaba encendido, turbado. Extendió el brazo.

—*Tichi*, toma, es para ti...

Ella lo recibió, tras los barrotes que la guardaban en ese territorio fascinantemente ignorado donde vivía. Se rió ella. Se rieron ellas. Adrián caminó aprisa. En un sueño, con los ojos abiertos.

"¿Lo habrá ya leído?"

Tichi: Te quiero mucho. ¿Quieres ser mi novia?

¡Te quiero mucho— Como si se caricíara así mismo, a su corazón, a ella, con infinita y profunda ternura, con lágrimas y sonrisas.

Alberto le preguntó una vez:

—¿Para qué quieres novia? Mejor vamos a la "otra banda" —al otro lado del río—, todas las tardes. Comeremos sandías y luego don Pedro nos prestará la canoa.

Por allí vivían los lazarinos y a él le habían prohibido que anduviera por esos rumbos. Pero se había escapado muchas veces con Alberto y habían comido sandías y habían paseado en canoa. Era bonito. Tardes en que allí, en el silencio aislado y proscrito, entre los sembradíos, presentían cosas maravillosas y les bullía la curiosidad de aprender a ser hombres. Como si ese silencio del agua, del cielo y de la tierra revelara lo que aún no sabían: lo que estaba más allá de sus 12 años. Y con Alberto podía platicar de todo. Pero nada igual a pensar, sentir y decir: *"Tichi:* te quiero mucho."

¿Lo habría ya leído? *"Tichi,* te quiero mucho, ¿quieres ser mi novia?"

¡Qué emocionante! Ese mismo papel que escribió él, con una frase que pensó él, ¡en las manos de ella! Como si fuera otra frase y no la misma y dijera más de lo que él había querido expresar: que seas mi novia; que me saludes cuando pase frente a tu balcón; que te vuelvas varias veces a verme cuando estemos en misa; que me escribas cartas de amor; que me quieras como yo te quiero a ti...

—¡A mí usted me hace los mandados, hijo de la tiznada!

Era un pleito, allí en la tienda del chino Lee. Un hombre salió tambaleándose, enardecido, con una rencorosa alegría en la voz. No podía adivinarse si era estúpidamente feliz o estaba amargamente dispuesto a morir y a matar, confundido por el alcohol.

Tremolando un cuchillo en alto, reculó en tanto otro hombre, puesta la mano en la pistola que llevaba al cinto, midiendo cada paso, sombrío, se le iba acercando. El primer hombre blandía el cuchillo como si quisiera rasgar algo muy íntimo de su adversario, con un rencor hacia él y hacia todo el mundo, empujado por ciegos y extremosos resentimientos.

Se habían juntado algunos curiosos, sin que nadie interviniera, ya porque no fuera a suceder nada o porque fuera a suceder todo y nada podría hacerse por evitarlo.

La voz del hombre volvió a sonar, agresiva, hiriéndose a sí mismo y a todo el universo, con agudos que recorrían toda la escala de impiadosas ofensas.

—Hijo de la tiznada... Cabrón desgraciado... ¡Chingue a su madre!

Estallaron dos relámpagos, mientras él, Adrián, se había quedado ahí, absorto, con una expectación asustada, anhelante. Fueron dos ráfagas, la explosión de dos fuegos detonantes que desplomaron al hombre del cuchillo y lo dejaron tendido, boca arriba, desangrándose, ya sin rencor y sin voz.

El hombre de la pistola, todavía con ella en la mano, dio una vuelta alrededor del hombre inmóvil, cual si temiera que el ruido exasperante de los insultos pudiera seguir vibrando. En espera de una sola palabra más para disparar de nuevo, dudando si los dos balazos habían sido suficientes para acallar por toda la eternidad el rencor desesperado del hombre del cuchillo.

Entonces Adrián sintió miedo. Miedo intenso del hombre, de su pistola, de que quisiera dispararle. Miedo de que le fuera a ocurrir lo mismo y pudiera quedar ahí, muerto, sin saber nunca la respuesta de *la Tichi* ni de lo que habría más allá de los límites de Mocorito y de sus 12 años.

Corrió arrastrado por un pánico que le doblaba las piernas y le vaciaba el estómago y le tironeaba el corazón hasta querer sacárselo por la boca. Hasta la casa de doña Pita, que estaba cerca, como la salvación. Hasta entrar, huyendo con todas sus fuerzas.

—Doña Pita, doña Pita... Concha... Acaban de matar a un hombre.

Estaba lívido y hubiera querido llorar. Y cómo estaría su cara de susto, que Concha, su prima, que platicaba con Rebeca y con Julia, se rio burlonamente:

—Ni pareces hombre, te has asustado como un gallina.

—Es que mataron a un hombre... Yo vi cuando le dieron dos balazos... Está ahí, frente a la tienda del chino Lee, tirado, lleno de sangre.

—Miedoso, ni pareces hombre, que te asustas de eso.

Las muchachas salieron, sin que pudiera explicarles que era valiente, que se había atrevido a darle el papel a *la Tichi*.

Por eso, brincando la cerca del corral, salió por atrás, a la plaza, hacia la escuela. Avergonzado, confuso, sin poder comprender por qué las gentes, Mocorito, la vida, todo, era distinto a sus sueños y él mismo era otro, capaz de sentir miedo y no, como al soñar, en que podía hablarle a *la Tichi,* sin vergüenza, con coraje hasta para darle un beso o para presenciar la muerte de un hombre sin lanzarse a correr.

COMO UN ANIMAL, COMO UN HOMBRE

El estómago se me encogió, débil, como si el miedo lo hubiera golpeado directamente a él. En mi boca, la saliva empezó a huir, y tuve que absorber con los labios una pasta amarga, infinitamente estéril, que me deshacía todas las palabras. Dentro de mi pecho retumbaba una tormenta de pánico, enloquecido mi corazón con todo mi miedo concentrado allí, haciéndolo latir a violentas sacudidas, como si él fuera a morir más que yo mismo, o más pronto. Las piernas, acobardadas, inútiles, adelantando su fin, obligándome a buscarlas, a tocarlas, para estar seguro de que no las había olvidado en algún sitio fuera de mi cuerpo.

Podía oírlo todo, como si los ruidos tomaran forma o se amplificaran: los resuellos, el crujido de sus huesos, sus aspiraciones y expiraciones, el frote de sus ropas, el sordo rumor de sus siniestros pensamientos.

Cada tramo que el camión recorría, me daba la clara sensación de ir recortando mi propia vida, empequeñeciéndome.

Un ansia remota emergió de lo más hondo de mi ser, cobrando impulso, vitalidad, asiéndose a la esperanza de salvarme.

—¿A dónde me llevan?

La voz llegó dicha por una persona inesperada. Era mi voz, escapada de mi garganta y hablando fuera de mis dientes y mis labios. La oí yo mismo, sobresaltada, angustiosa. La oí, y hubiera querido poder darle la respuesta, una respuesta tranquilizadora. Hubiera querido persuadirla de que no iba a pasar nada de cuidado.

—A un paseíto sabroso. Ya verás qué bien te sienta.

Esta voz que habló era una voz mala, llena de sorna, burlona, insensible. Una voz cargada de sombríos augurios, puestos sílaba a sílaba. Primero, hipócritamente cariñosa al decir "un paseíto sabroso". Luego, irónicamente cruel, sugiriendo algo erizado de peligros. "¡Qué bien te sienta!" Con feroz capacidad de envolver en ese término la inminencia de una muerte inevitable, desoladora, triste. Torturador aviso de que estaba en sus manos, en las manos de ellos. Manos impiadosas. Maldad indiferente a remover mi miedo, de negarme incluso la resignación digna de morir sin espanto, dueño de mí.

¿Cómo conmover a estos extraños, a estos hombres dispuestos a realizar mi muerte obedeciendo órdenes de otra persona, como si esas órdenes fueran la verdad absoluta, y yo algo tan sin importancia, ni siquiera digno, en tan terrible momento, al menos de una curiosidad cordial?

La noche goteaba silencio y sombra, un vasto y oscuro silencio interminable, cómplice, como si ella participara con estos hombres, en el propósito inhumano de "darme un paseíto". El camino era ahora de tierra, tierra polvosa que se filtraba entre las hendiduras del piso. Las llantas del camión se enterraban en esa tierra suelta, a la que mis manos hubieran querido aferrarse. Bajo el toldo, entre los tres hombres sentados que me llevaban, adivinaba a un lado del camino ajenas figuras de cactus, aparentando brazos enemigos.

Tal vez, al frente, que no podía yo ver, era de

día. Y al paso del camión iban cayendo la negrura, la oscuridad, mis restos de vida.

—¿No estará ya bueno por aquí?

Hablaba otro de los hombres. Y hablaba así de pronto como si prolongara una conversación silenciosa que yo no hubiera advertido, una conversación telepática que llegaba a un punto importante: decidir si "aquí". La pregunta fue dicha naturalmente, como debiera decirse algo familiar. No algo doloroso ni fatal, sino algo sencillo, obvio. Hubiera podido ser: "¿Ya está la comida?"

—Más delantito. Será mejor.

¿Más delantito? Una medida de longitud que yo hubiera querido conocer exactamente. Delantito. Algo que hubiera querido poder medir, milímetro a milímetro. A unos cuantos metros, a un kilómetro, a varios. Más allá. Pero todavía no "allí". El "aquí" me había puesto en suspenso, en tensión. Y tuve un breve alivio porque "delantito" era un tiempo y un espacio preciosos... Pero el camión seguía su marcha y ese "delantito" empezó a acercarse. Me pareció que íbamos aprisa, muy aprisa, demasiado aprisa. Si se reventara una llanta. ¡Ah, si se reventara una llanta! ¿Cuánto podría haber rodado esa llanta, esas llantas? A lo mejor hacía mucho tiempo que no las habían cambiado, estarían lisas, gastadas. La presión sobre cualquier piedra haría estallar la cámara, el aire encerrado. Quizás alguna estuviera picada... O que se acabara la gasolina. El chofer —a quien yo no podía ver—, tal vez se hubiera olvidado de llenar el tanque. O un corto circuito. Algo. Una falla. Que la máquina —la del camión— tuviera una falla. Que al construirlo hubieran puesto mal algún tornillo, hubieran equivocado conectar bien algún alambre.

Algo que parara ese engranaje que hacía rodar las llantas, que nos acercaba a ese lugar que estaría delantito...

¿Y si no me importara nada? Es el destino. No hay salida. Debo resignarme. Me tocó. Así sería de cualquier modo. Cerrar los ojos, dejarme llevar, esperarlo todo. Mi cuerpo protestó. Muchas cosas dentro de él, recuerdos, sensaciones, parecieron despertar con violencia. Mis venas, mis músculos, mis células, mi piel, como seres que me sentían caer, se hicieron una voz de protesta, gritando a coro: ¡queremos vivir! Y la protesta me ganó, se hizo mía. Y era yo quien gritaba: "¡No, no quiero morir!"

—Si nomás vamos de paseo. ¿O no te gusta pasear?

Me contestaba uno de los tipos, y comprendí que había hablado yo en voz alta. ¿Yo? Sí, yo, porque desde ese momento había adquirido la capacidad de pensar simultáneamente en muchas cosas, y una de ellas, la más persistente, era calcular, asegurarme de que podría huir, salvarme.

Ellos iban sentados, como yo, en el piso del camión. Dos enfrente de mí, y otro a mi lado. Tendría que dar un salto de tigre. Brincar con tanta velocidad que no pudieran detenerme. Luego hacia el camino, volar, escabullirme entre los cactus. Ellos podrían disparar sus pistolas. Podrían matarme de todos modos. Pero había un resquicio de esperanza, mi última posibilidad. "Delantito" estaría completamente a merced de ellos. Yo acariciaba ya esa posibilidad milagrosa, nacida de mi ser y estaba pensando en ella, detalladamente, vertiginosamente.

—Me estoy miando, chingao.

El hombre que dijo eso, el que iba a mi lado, se

encimó sobre mí, y golpeó la madera que nos separaba del chofer. Y yo sentí mucha alegría de que ese hombre se estuviera miando. Un gusto feliz de que estuviera repleto de orina, de que tuviera que tardar muchas horas para echarla fuera. Y sentí agradecimiento por la orina que ese hombre había acumulado en su vejiga. Una orina amiga, buena, fraternal.

Los otros dos hombres habían mirado al hombre de la orina, sonriéndose, como si ocurriera algo gracioso e interesante, mucho más divertido que el "paseíto". Uno de ellos sacó la cabeza y gritó:

—Epa, Crisanto, párate tantito.

Y con la mano golpeó por fuera, sobre la lámina, para llamar la atención del chofer que, advertido, metió frenos y el camión fue deteniéndose, chirriando dulcemente. El hombre a mi lado ordenó:

—Ora, abran paso.

Los dos hombres sentados frente a mí encogieron sus piernas, abriéndolas, en tanto el que se orinaba empezó a incorporarse. En ese instante en que se acercaba a brincar a tierra, porque el camión, que era pequeño, estaba abierto por la parte trasera, yo asesté al mismo tiempo, con ambas piernas, sendos golpes calculados precisamente en fracciones de segundo, siguiendo el plan que me había trazado con desesperada imaginación, sobre los puntos en que tanteé que estaban los testículos de ellos.

Y apoyado sobre mis manos y brazos, con una velocidad de proyectil, como si mis músculos hubieran sido una cuerda tensa que se restiraba súbitamente, disparándome; con prodigiosa y perfecta agilidad felina, como si hubiera sabido yo saltar como un acróbata extraordinario, mejor que nadie; con una ligereza genial, tan exacta, tan maestra, porque antes de que el otro hombre acabara de dar su brinco hacia tierra, brinco cuyo impulso se retrasó —seguramente porque el hombre intentó volver la cabeza para indagar a qué se debían los gritos de dolor surgidos a sus espaldas— yo lo había empujado, arrojando mis dos manos sobre él, y en tanto él caía a tierra, boca abajo, yo ya estaba trepando el pequeño borde del camino, y corría por el monte, desviando los mezquites, poniéndolos a mi espalda como defensas, alejándome en zig zag, cuando las primeras balas empezaron a silbar, con voces airadas tratando de dirigirlas.

Cada zumbido me enfriaba la espina dorsal y hubiera querido hacerme invisible cuando de la rabadilla me subía hasta la nuca un frío relampagueante, un frío helado, sobrecogedor, que hacía hielo el sudor que empapaba mi cabeza y mi cara. Pero yo corría, a zancadas incansables, largas y prestísimas, con iluminadas miradas que me despejaban la poca luz de la noche, alumbrándome la tierra que rozaban mis alados pasos, sin que llegara a caerme, o tuviera que detener la velocidad de mi carrera.

Porque yo era un animal que huía, un animal de lúcido y acertado instinto, y mis piernas eran las de un caballo, fuertes y ligeras, y mis ojos eran los de un gato, penetrantes, capaces de despejar la oscuridad. Yo era un animal portentoso con músculos de elasticidad imponderable y del hombre que yo era sólo había quedado conciencia en mi embriagado corazón.

Porque sólo él, y no yo —cuando supe yo que estaba a salvo, lejos de las pistolas de los tres hombres, lejos de sus propósitos— era el que se reía nerviosamente, inmensamente feliz, retumbando su gozo en cordiales latidos, que parecían aplaudirme con tierna gratitud.

Y la imensidad de la noche era ya confortante y bella, como cálido seno materno, y todas esas formas de los cactus y mezquites, de las plantas silvestres, de las piedras, las luciérnagas, las estrellas, el propio silencio, la tierra, eran una casa segura y amada, y no había nada mejor en mi vida que sentirlas y sentirla como si fueran parte de mí mismo, cosas con alma profunda y tangible, con las que me hubiera puesto a llorar de emoción, de gratitud, acariciándolas con la mirada, como acariciaba a mi propio cuerpo, con mi vida entera de ese minuto, porque yo era de nuevo un hombre, un hombre admirable y maravilloso, hecho de tibia sangre, de músculos vivos, de carne heroica, y con un cerebro capaz de pensar por sí mismo, de saber salvarme, un hombre de tan prodigiosas fuerzas naturales, creando una sabia alegría, seguramente con el rostro más bello y viril, y que las estrellas deberían estar contemplando con una sonrisa.

AL JALAR DEL GATILLO

La muchacha está ahí, como caña escapada del cañaveral. Inclinada sobre el pozo, al sacar el agua, el escote anticipa la rotunda insinuación de cada pecho. Los ojos quemantes de don Rafa adivinan lo demás. Cóleras y resentimientos de plomo líquido funden su odio. Todo el rencor concentrado de un instinto en ignición al que se le opone algo.

Don Rafa se decide.

Sin separar la vista de donde la tiene prendida, su voz sorprende al muchacho que barre el patio:

—A ver, Pancho, ¡que me busquen al *Cacarizo*! Lo necesito aquí, prontito.

Mientras Pancho, como si la orden fuera un aguijón, sale corriendo, la mirada de don Rafa ensaya convertirse en tacto. Perfora la untuosa tela del vestido que aprieta las formas incitantes de la muchacha que saca el agua del pozo. Don Rafa siente que la sangre le corre por las venas como lava furiosa. Su corazón le golpea el pecho, eco violento de todo su sexo clamando por ese otro sexo.

Don Rafa ha perdido la cabeza. Vuelve la cara a contemplar las esbeltas cañas que mecen sus crestas en una danza que organiza el viento y le parece que ella, la muchacha, es la más esbelta caña del cañaveral. Todo daría por tenerla, por esa caña que se mece en la vida. Él podría cortarla si no anduviera de por medio el entrometido ese de Gabriel, que se ha ganado a la muchacha raspando la guitarra y cantándole canciones que llegan muy hondo. Él ha descubierto cómo la inquieta cuando viene dizque a saludar. Y cómo ella se queda tarareando las canciones que Gabriel cantó ahí ante la rueda de los hombres y haciendo que las mujeres se asomen, desde la cocina.

Pero este Gabriel es hombre mal averiguado. No se intimida así como así y menos cuando hay de por medio una muchacha que sabe sonreír y enseñar la blanca dentadura. Don Rafa ha acumulado un odio intenso, desmedido, que le roe las entrañas y le seca la boca. Pero sabe que estas cosas tienen remedio cuando uno puede esconder lo que trae dentro. Y ahora se ha decidido, de una buena vez. Nadie, más que él, cortará la jugosa caña, la más esbelta de todo el cañaveral.

El *Cacarizo* aparece como siempre, esas raras veces en que se deja ver. Encasquetado el sombrero, saboreando un palillo entre los dientes picados. Enjuto, corroído por las fiebres, la mirada penetrante y un aire de quien anda vigilando a una persona invisible. Entre la piel y el cinturón, la pistola, aditamento de su propio cuerpo. Y una cierta solemnidad en sus maneras. Quién sabe por qué, pero infunde respeto. Tal vez porque no es dado a la confianza. O algo tendrá que ver en ello su fama de buen tirador.

Se acerca a don Rafa, sin apresurarse, midiendo sus pasos y en actitud de quien conoce secretos que ignoran los demás.

Don Rafa lo cala, calculando fiarse de él por primera vez. ¡Pero si ya dos ocasiones...! No hay duda, es hombre de ley. Y eficaz.

—Quiúbole, Andrés. Ya hacía tiempo que no se te veía...

—Ya sabe usted que me gusta que me llamen.
—Por aquí te estamos necesitando...
—Pos nomás dice usted el rumbo, don Rafa, que ya estoy listo.
—A ver, que te sirvan algo.

Don Rafa siente alivio. Está sentado en la silla con respaldo de cuero, bajo la sombra de un tabachín. Allá al fondo se extiende el cañaveral. Todas las cañas cimbrándose y doradas por el sol de la tarde, mientras el calor emerge de la tierra enardeciendo los sentidos y los odios. El *Cacarizo*, de pie, se enjuga el sudor con un paliacate. Por entre la camisa le asoma una medalla guadalupana.

Pancho trae en un plato los vasitos con tequila, al lado de los limones y la sal. El *Cacarizo* toma el suyo reposadamente. Los dos hombres beben, en una larga pausa. Luego, don Rafa se levanta, toma del brazo al *Cacarizo* y se lo va llevando hacia donde los árboles y la maleza se confunden, al otro extremo del patio. Con una vara se golpea la pierna.

De pronto, en seco, le espeta:
—Por ai anda un tipo que está de más.

El *Cacarizo* calla. Su rostro se conserva impávido. Él comprende lo que quiere decir ese "está de más". Otras veces don Rafa le dijo las mismas palabras. Fue cuando las fiebres le agarraron muy duro y don Rafa le dio para que fuera a curarse a Cuernavaca. De ahí vino el trato. En tres años, dos encargos.

La primera, don Rafa dio muchas vueltas para soltárselo. Las cosas salieron bien. Don Rafa es amigo del Presidente Municipal. Ni quien se metiera con él, ni averiguatas, ni nada. La segunda, don

Rafa se franqueó pronto. Un asunto de tierras. "Un tipo por ai que está de más." Se armó gran argüende, pero eso de la legítima defensa impuso el silencio.

—¿Qué te parece si quitamos ese estorbo?

Don Rafa habla muy expresivamente: dándole un encorajinado puntapié a un pedazo de tronco. El *Cacarizo* observa cómo sale disparado el pedazo vegetal. Y entiende. Un trozo de árbol, entre la maleza, no es un estorbo. Las dificultades están al otro lado, entre los hombres. Entre esos hombres que son trozos de árbol atravesados en el camino y que sí estorban. Y cuando estorban, es que están de más o les tocó su hora. Y si don Rafa arroja el pedazo de tronco, él, el *Cacarizo,* sabe quitar a los otros. Es su oficio. Cada quien pa lo que sirve, pa lo que le jala. Unos deben tumbar cañas. A él le tocó, cuando hay su porqué, tumbar hombres que están sobrando.

Además, de algo se muere uno. Y no para nada inventaron las pistolas. Y cuando se tumba a un hombre, como que se tumban cosas que hacen daño por dentro. Hay días largos y turbios en que todos están contra uno, como que lo andan persiguiendo fantasmas, como que lo acechan ojos que miran feo. Y uno no puede quedarse con el miedo, que va detrás, de puntillas, a querer dar alcance. Uno lo escucha y crece el odio. El odio de tener miedo, de sentirse aplastado, de creerse menos. Es entonces sedante desquite jalar el gatillo para que un hombre caiga y se quede quietecito. Tal vez con él se caiga el miedo. Es un minuto de paz. Y si el miedo vuelve a andar, alguien ha dado dinero por que aquel hombre se quede tirado.

Y hay que vivir. Si otros pagan por eso, el asunto se convierte en oficio. Luego por ai los jueces le dan su justificación. El primer temor se hace confianza. Se firman unos papeles y puede uno ir a emborracharse. Acostarse con una mujer, sin ganas de pegarle. Sólo apretarla, sin hacerle mucho daño.

—Conque, ¿cuento contigo?

—Usted ya sabe. Nomás que por este trabajito, don Rafa, que sean cien pesos. Ya ve que hay más dificultades. Cada día arman más boruca.

Siempre hay que regatear. Pero don Rafa tiene prisa, prisa de cortar la caña, de saborear a la muchacha.

—Lo dejamos, pues, en cien pesos. Pero prontito te lo echas. Y mucho cuidado, no quiero complicaciones.

—Ésas no las busca uno, don Rafa, pero nunca faltan averiguadores.

—¡Qué averiguadores ni qué nada, ya sabes que aquí esas cosas tienen arreglo! Ahora te daré el dinero, ya ves que te tengo confianza.

—Usted ya sabe que soy persona seria. Por eso no me gusta jugar, pa que no me jueguen. Esté seguro que una guitarra se quedará sin quien la rasgue, como usted lo prefiere.

Don Rafa va allá dentro, a traer el dinero. Un fajo de billetes. El *Cacarizo* los cuenta, uno por uno.

—Usted perdone, pero tratos son tratos y los negocios son negocios.

Luego los guarda, entre el pecho, cuidadosamente.

—Bonito el cañaveral, ¿verdad, Andrés? Se va a dar muy bien...

Y al irse el *Cacarizo*, a don Rafa lo golpea la voz de la muchacha, desde la cocina:

*Mariquita se llamaba
la que me lavó el pañuelo.
Lo lavó con agua fresca
y ramitas de romero.*

Sobre el caserío, sobre el cañaveral, cae el silencio nocturno del campo, saboteado por intempestivos ladridos de perros o por el coro obcecado de las ranas. Don Rafa, en el patio, da vuelta sobre vuelta. Sobre cada zancada, cada pensamiento. Sobre cada pensamiento, cada zancada: la muchacha, Gabriel, el *Cacarizo*. El *Cacarizo*, Gabriel, la muchacha. Hace días que espera la noticia. Si escucha un galope, se queda tenso, acechante...

El *Matías* se pone nervioso de pronto y gruñe malgeniudo. Don Rafa lo calla amenazadoramente. Allí, por la tranca trasera del patio, se perfila la silueta de un hombre. Don Rafa lo reconoce al instante. Se adelanta hacia él.

Frente a frente, ambos hombres se penetran con las miradas. Hay una complicidad ansiosa entre quien anhela saber y entre quien va a decir.

Los ojos de don Rafa son dos interrogaciones apremiantes. El *Cacarizo*, con voz dulcificada, se lo va diciendo:

—La de malas, don Rafa, no resultó bien el trabajito. El Gabriel ese nomás quedó mal herido. Y vengo a devolverle la mitad del dinero. Tratos son tratos y soy hombre de palabra. Ahora que afine la puntería, cerramos el negocio y me da usted el completo.

LA "GROSERÍA"

La señora del 12, la enfermera, sale de su vivienda. Es alta, madura, enérgica. Va a su trabajo, como todos los días. Por el patio, donde la ropa colgada arbitrariamente cerca de los lavaderos habla de la promiscuidad y pobreza de los vecinos, pasa Irma. Casi todavía una niña, aunque los pechos ceñidos por apretado suéter revelan su floreciente pubertad, se enjuga incontenibles lágrimas.

La señora Lola observa el lloro de la muchacha. Su experiencia maternal le denuncia que ese llanto encubre algo grave. Inquisitiva, judicial, con severidad amistosa detiene a la chiquilla, que llora con más ganas.

—Vamos a ver, muchacha, ¿qué te pasa? ¿A qué vienen esos lagrimones?

Con la voz entrecortada, después de un profundo puchero, Irma confiesa un delicado problema, como quien se lanza al agua al zozobrar el barco.

—Voy a la escuela y estoy muy mala, señora Lola. Me está saliendo mucha sangre y el trapo que me puse se me está cayendo...

¿Será que la niña es ya una mujer? ¿No la habrán prevenido la mamá o la maestra? Es una experiencia que asusta siempre cuando no se la espera. Bien pudiera ser eso.

—¿Y no lo sabe tu mamá? ¿No le dijiste que estás mala?

—¡Ay, señora Lola, me mataría si lo supiese! Por Dios, no vaya usted a decírselo...

Unos calzones agujereados golpean el rostro sorprendido de la señora Lola. Su voz se endurece. Hay una irritada curiosidad en su pregunta:

—A ver, ¿qué te ha pasado, muchacha?

Es igual que cuando a un niño lo descubren al romper un cacharro. Para el niño, es como si hubiera destruido al mundo. Y lo han visto. Se suelta llorando con toda su alma. Así Irma, después que pudo decir:

—Es que Tiburcio... Es que Tiburcio me hizo la "grosería"...

Doña Lola, a pesar de su entereza, queda súbita. Tiburcio es su hijo, un mocetón de 15 años que acaba de ingresar a la escuela secundaria. Es un chamaco. Le está cambiando la voz, se ha hecho fornido, a veces se retrasa, llega más tarde de la hora prometida..., pero es un chamaco. ¡Si no lo supiera su madre!

—Vete ahí a la tienda de doña Chonita. Ahí te alcanzo en un momentito. Y deja de llorar, que voy a curarte.

¿Y si fuera? ¡Sería terrible! Don Pancho, el padre de Irma, no se tocaría el corazón para matar a Tiburcio. Doña Lola se preocupa. Hay que averiguarlo todo de una vez.

Regresa a su vivienda. Por ahí debe andar el muchacho.

—Tiburcio, ¡ven acá!

Ahí viene. Como si lo hubieran descubierto: con la cabeza gacha, empujando una basura con el pie, sin querer dar los ojos.

Doña Lola lo ve: es su hijo. Un niño. Un niño que tendrá que ser hombre.

—Tiburcio, ¿qué le has hecho a Irma?

37

La voz es inapelable. No hay salvación posible. Tiburcio se muestra compungido. Entiende que no puede evadirse. Y la actitud de su madre no hace esperar nada bueno.

—Te digo, anda, ¿qué le hiciste a Irma? Ándale, contéstame pronto, que me voy a enojar más...

Enrojece. No es fácil explicarlo. Mas no hay escape. Y lo confiesa de golpe:

—Pos es que..., pos es que ya hace tiempo que ella me decía que yo no era hombre... y pos... y pos me agarraba... y yo le decía que se estuviera quieta... que ya iba a ver... que yo sí era hombre... pos que le iba a hacer la "grosería"...

Doña Lola no se lo explicaría, más con todo y su angustia, por allá dentro le brota una sonrisa. Tiene que fingir su enojo.

—Ajá, ¿conque muy hombrecito, eh?

Tiburcio espera que su madre lance el rayo que lo pulverice. Está asustado. Siente que las lágrimas van a salírsele.

—Por ella fue, por andarme buscando... y hoy otra vez... me estuvo jalando y agarrando... y que yo no era hombre... y yo estaba en el excusado... y por allí fue otra vez a decirme que no era hombre... y pos la jalé y le hice la "grosería"...

No se contiene. Se frota los ojos.

—Ya verá, muchacho majadero, ¡ahora va usted a saber lo que es ser hombre! Desde ora mismo se acabó la escuela y la vagancia. Ya que se siente tan capaz de esas cosas, ahora va usted a saber de verdad lo que es traer pantalones. Hoy mismito lo pongo a trabajar, ¡me oye! Hoy mismito, sin que pase un día más. Ya verá que se le quitan las ganas de andar haciendo sus groserías.

Ahora sí doña Lola está enojada. Pesca al muchacho de un brazo y le da fuertes manazos. Cada uno es más violento que el anterior.

—Ándele, ¡váyase pa fuera! A ver si no lo matan por sinvergüenza.

Tiburcio sale, restregándose la nariz. Muy serio debe ser lo que ha hecho. Atraviesa el largo patio, hasta la calle, con miedo de que se le atraviese don Pancho. Como todos los días, pasa el largo ferrocarril. Tiburcio se siente extraño, otro. Ahí está el barrio donde ha crecido. Las mismas calles que ahora son distintas. La vía del ferrocarril. Los puesteros. Las gentes. Y parece que todo lo ve por primera vez.

—Quiubo, Tibu, ¿qué te pasa?

Son sus cuates. Sus "manitos". Los de la palomilla.

—Pos me pegaron.

—No la amueles, ¿pos quí'ciste?

—Pos li'ce la "grosería" a Irma...

Ellos no se enojan. Lo ven con gesto curioso, admirativo.

—Míralo, ¡qué abusado! ¡Ora sí eres hombre!

—Ándele, fúmese su cigarro.

—A ver, cuéntanos, ¿qué tal estuvo?

Ya no tiene vergüenza ni susto. Su miedo se vuelve orgullo. Como si hubiera crecido mucho de pronto. Y mientras se los cuenta, Tiburcio se va sintiendo bien.

"Es chicho esto de sentirse hombre", piensa.

En la tienda de doña Chonita, Irma está triste. Llora sorda, inconsolablemente. No sabe por qué, pero es como si se hubiera hecho pequeña, tan pequeña como cuando ni siquiera sabía andar.

ASUNTO DE DEDOS

Hoy LO tomé, ¡al fin! Me dio miedo. No sé por qué temí que viniera el gerente. Querrá que me desnude. Será como la otra vez, cuando desapareció un fajo de billetes grandes. Nos encerraron a todos, para esculcarnos. Secamente dieron la orden: "¡Quítense la ropa!" El tipo aquel no me perdía de vista. "No fui yo, se lo juro, no puedo desvestirme." Inútil. ¡Caray, si los demás pudieran leer en los ojos! Los míos lo revelaban casi con lágrimas: ese día no me puse la única muda de ropa interior que uso; se cortó el agua y quedó enjabonada. ¿Qué dirían los demás? Ese respeto a mis canas se trocaría en lástima cuando se enteraran que sólo llevaba encima el traje que me viste desde hace años. Me resistí. Ante las dos vergüenzas —que me creyeran ladrón o que descubrieran mi desnudez—, escogí la primera. Fue en vano. Todos me rodearon. Los tipos querían el dinero. "Si lo tomó, lo trae encima; no ha tenido tiempo para sacarlo." A fuerzas pretendieron zafarme la ropa. Comprendí que podrían destruirme el traje y recordé que tenía que asistir al velorio, al 3, donde se les murió la niña. Yo mismo me desembaracé del saco, del chaleco, de los pantalones. Cuando estuve desnudo de la modesta dignidad que me cubre —el viejo traje convertido en mi segunda piel—, ya no me importaba. Así como un condenado a muerte se resigna a morir y llega al paredón absurdamente tranquilo, así yo me despojé de la ropa, del rubor y la vergüenza.

No lo olvidaré nunca, pero dejó de hacerme daño.

Eso me hizo pensar en el gerente al tomar el billete. Era natural: vencí tantas resistencias íntimas para decidirme. Durante seis meses estudié todos los medios para obtenerla. Me fascinaba la pipa. Día a día le lanzaba una mirada o la contemplaba arrobado, colocada en el escaparate, expuesta en un bonito estuche. Una auténtica *Dunhill,* con su etiqueta marcando el precio de cien pesos. A través del cristal intuía su olor a manzana, a madera, a bosque. Muchas noches, en casa, mientras Matilde se lamentaba de lo que yo ya no me lamento —lo difícil de una vida a la que uno es cercado a resignarse—, me abstraía en la pipa, me embriagaba en la satisfacción de poder gozarla. La he sentido en mi mano, entre mis dedos, arrojando un humo sedante, agradable, aromático, mientras sorbía su placer a bocanadas largas, sabrosas. Así llegué a comprender que era la última felicidad a que podía aspirar en la vida. Decidí comprarla. Todo lo ideé: aumento de sueldo, regresarme a pie a casa, no comprar periódico tres veces a la semana, no darle su domingo a mi sobrina, fumar la mitad de cigarrillos que fumo. En un mes ahorré cuatro pesos. Ese día Matilde se puso mala: pude apenas pagar la consulta del médico.

La pipa siguió incitándome, se transformó en una pasión. Cuando uno ha dejado que la erosión del fracaso destruya los grandes anhelos, se deja dominar por los pequeños, que resultan ser más fuertes, más apremiantes. Intenté convencerme de que podía comprar una de menor calidad, más económica. No pude. Así como de joven, cuando sufrí mucho por una mujer, traté de consolarme buscando otra, sin resultado, así con la pipa: tenía que ser precisamente la del escaparate. A la búsqueda de posibilidades, surgió la última: tomar un billete de cien, de esos que cuentan mis dedos, para reponerlo a la larga. Podía ir escamoteando que comprobaran la falta. ¿Y si me descubrían? Eso me detuvo varias semanas, hasta que al fin se exasperó mi deseo y no me importó arriesgarlo todo. Me remordió la conciencia por Matilde, porque de tener que pagar la substracción de inmediato, los descuentos iba a tener que aplicárselos a ella, de mi sueldo, recortándole lo ya de por sí poco que le doy. ¿Y si preguntaba por la pipa? No podría suponer que era fina, legítima; que había costado cien pesos. Como tampoco lo que significaba para mí.

Me fue muy difícil, pero lo tomé. Les transmití todo mi valor a mis dedos; los dirigí a la captura del billete como si tuvieran que cuidarse de cien miradas. Prestos, furtivos, lo escondieron en mi bolsillo. Por encima del pantalón estuve verificando rato a rato que se hallaba seguro. La certeza de que la pipa podría ser mía me dio ánimo para no escuchar a los condenados escrúpulos que me empujaban a devolver el billete. Estaba muy emocionado, aturdido. Mi corazón retumbaba y yo lo sentía como un muchacho gritón, a quien uno quisiera callar de cualquier modo.

Mi compañero de la ventanilla vecina —sólo nos divide un enrejado de alambre— me entretuvo contándome mil pormenores de la operación quirúrgica a que sometieron a su esposa. Yo veía el reloj y cómo los demás empleados iban desapareciendo. Tuve que soportar la historia hasta el fin. Ya salía, olvidando el sombrero. Al regresar por él, me topé con Felipe. Felipe, el mozo, es más viejo que yo, que todos los que trabajamos aquí. Su orgullo es hacernos saber que conoció a don Manuel —el gerente— desde que éste era chiquillo. Felipe llegó aquí antes de que se construyera el edificio del banco. El padre de don Manuel lo saludaba todos los días al llegar y eso lo hacía feliz. Saludo que se acabó al suplir don Manuel a su padre. Por falta de ese saludo que era su pan diario, su vino, su aumento de sueldo, a Felipe se le agrió el carácter, se volvió taciturno y de mal talante. Por eso me sorprendió: el viejo estaba llorando sorda, pero visiblemente.

No sé qué mala corazonada me asaltó, que hundí la mano en el bolsillo en instintiva defensa del billete. "¿Qué le pasa, don Felipe?" El hombre traía su pena grande y me la arrojó sin saber el daño que iba a causarme: tenía a su hijo, muerto, esperando sepultura. Con la gorra en la mano se había animado a llegar hasta el despacho de don Manuel. Quería que le prestaran para el entierro. Nada, un poco más de cien pesos, de la misma manera que él sabe que le prestan a otros. Esperó toda la mañana, con un mudo dolor escondido entre las grietas de sus arrugas, tercamente esperanzado de que el patrón le arreglaría lo del préstamo. Claro, aquí se trata de que no salga dinero que no esté garantizado. Don Manuel le alegó lo críticas que están las cosas, el control de los créditos, aludió a los reglamentos del banco y sólo le regaló cinco pesos. Y allí estaba ante mí, esperando algo...

Me anonadé. ¡Qué mal me sentí! Saqué la mano empapada en sudor. Estuve a punto... pero me aferré a la pipa con toda mi alma. Seis meses de tremenda lucha interior para decidirme. No podía perderlo todo en un minuto. No me atrevía a mirarlo. Viendo a otro lado, sin dejar conmoverme por sus manos suplicantes, evadí sus ojos encharcados en amargura, en una amargura abrumadora, pesada. "Me hubiera dicho antes, hubiéramos hecho una colecta." Decidí irme, escapar al asedio de su drama. "Mejor devuelvo el billete, mejor devuelvo el billete." Era mentira, compraría la pipa de todos modos. "Perdóneme, se me hace tarde; a ver mañana qué hacemos." No me dijo ya nada, acallado por su desesperación, ajeno a que por una eternidad había sido el ojo de mi conciencia.

¡Qué cosas! Uno cree que el corazón ha endurecido y de repente se acongoja. ¡Ah, pero la pipa! Su cercanía me ayudó a superponer otras imágenes sobre la de Felipe. Pasé al vuelo frente al escaparate. Sólo una mirada. Mejor mañana, que olvide esto. Cuando llegué a casa, afuera, los del 5 se hallaban en la calle con todos sus enseres. No necesité indagarlo. Comprendí que los habían lanzado por no pagar el alquiler. Pero lo que no imaginé nunca fue el estado de Matilde. Estaba furiosa, como leona. Habló contra el Gobierno, contra los ricos que les quitan un techo a los pobres. La tomó conmigo, contra el banco. Y luego, llorando, para dejarme atónito: "Preferiría que robaras al banco y salvaras a estas desgraciadas gentes, Donaciano. ¿Qué van a hacer, con don Santiaguito sin trabajo? Y los pobres niños..." Le contesté molesto: "Tú sabes que soy incapaz..."

¿Incapaz? Mi mano palpó el billete. No se dio ella cuenta, si no, se sorprende de la cara que debí haber puesto. Fue tan rudo el golpe, que eso me salvó. Me repuse. Tenazmente le di antídotos a mi compasión: ¿qué tenía yo que ver con esas tragedias? Son cosas de todos los días, el mundo es así. ¿Y qué remediaría? Al poco tiempo, otra vez cien pesos más. Un barril sin fondo. Los lanzarían más adelante. No, era absurdo ceder. Me defendí. Además, no he robado. Ha sido un préstamo. Lo pagaré. Tengo derecho a mi pipa. Toda la vida he trabajado, no le he hecho mal a nadie. "Perdóname, Donaciano, ya sé que no podemos hacer nada. Pero es muy duro presenciar eso." Parecía una consolación a mi silencio culpable. Yo estaba aferrado a la pipa, para siempre...

No pude dormir. ¡Cuántas cosas se pueden pensar en una noche que tuvo un día así! Se puede recorrer la vida entera, de principio a fin. Se pueden soltar todas las distancias, puede uno decidir todas las cosas; puede uno forjarse de sí mismo todas las efigies que se qnuieran. Noches tan largas, que hay tiempo para acomodar en el cerebro todo el universo, todas las sensaciones, todas las ideas, los sentimientos, lo que se ha sido, lo que no se ha sido, lo que se ha querido ser. A veces me duelen los dedos. ¡Cuántas cosas bellas pudieron haber hecho en la vida! Me gustaba la música, podía haber sido un gran pianista, quizá hubiera compuesto famosos conciertos. ¡Ya es tarde! Sólo sirvieron para contar dinero tras la ventanilla de un banco. Eso es todo: contar, contar. Allí, en fila, cada quien espera su turno: los que depositan, los que cobran. Mis dedos, diestramente, preparan ordenados fajos. Son el alimento de las insaciables bóvedas de seguridad. Afuera, millones de hombres sufren. Aquí dentro se acumula lo que haría la vida menos mala... Pero del joven que quiso emprender grandes hazañas sólo queda el hombre que finalmente desea, por encima de todas las cosas, una pipa.

¡Qué trabajo para levantarme! Llegué tarde al banco. ¡Qué descanso no ver a Felipe! Otra vez a contar, con los dedos entorpecidos, duros, difíciles de manejar hasta para esconderse, con temor, en el bolsillo. Me olvidaba a ratos de mis recientes impresiones, como si se hubiera tratado de un sueño. Fue cuando penetró Conchita en mi caja. Ella es una linda muchacha de veinte años, toda dulzura. Es hija de Pedro, un amigo, un antiguo amigo de la mocedad. Conchita es para mí casi una hija, la hija que Matilde no pudo darme. Me saludó como siempre, con ese modo que da calor a mi corazón, a mi senectud. Sus ojos estaban tristes. Sin contener las lágrimas, me confió su angustia. Creí que era por algo relacionado con su novio, un mocetón de esos a la moderna que aspira a casarse con ella. No, era sobre Pedro: un ataque de apendicitis. Estaba en el hospital y les faltaba dinero para ajustar lo de la operación. La chica estaba desesperada, no sabía ya a qué medio recurrir para reunir lo faltante. Y me lo confiaba no por esperar que yo le solucionara el problema, sino para que la animara.

Mis dedos habían estrujado el billete, allá en la bolsa, como malhechores que rematan un crimen. Lo confieso: se me nubló la vista, el corazón me repiqueteó como si se hallara convicto ante un juez incorruptible. ¡Qué desazón! Es tan duro permitir que se desmorone un proyecto largamente acariciado. Se ha vivido en el vacío, sin perspectivas, como dándole de vueltas, sin descanso, a una noria.

La vida se ha convertido en un negro y espeso muro. Un día, uno logra perforar un pequeño agujero; se ha dejado en eso el alma, pero al fin se ve un claro, una lucecita. Sí, es pequeña, ¡pero cuánto significa! Y he aquí que la conciencia lo empuja a uno a tapar ese alivio. ¿Los demás? ¿Las miserias que nos rodean? Y uno ¿qué? ¿Quién adivina lo que se ha dejado en el camino, lo que ha sacrificado? ¡La pipa! Ella es la lucecita, es el último hueso que se podrá roer. Y allí está Conchita, sollozando. ¿Cómo olvidar al corazón? ¿Cómo ser egoísta, frío, cruel? Yo sé: recordar tantos días grises, implacables. No hay en ellos una gota de piedad, una sonrisa profunda. Llegar a casa, como siempre, a darle a otro ser la mitad de nuestra amargura; recibir, en cambio, una amarga resignación. La pipa puede cambiarlo. ¡No, no puedo ceder! La pipa es para mí, aunque ya no lo quisiera, algo más importante que la desgracia de Felipe, que la miseria de los del 5, que la salud de Pedro. ¡Que las mismas lágrimas de Conchita!

Ahí está la salvación: se han aglomerado varios clientes frente a mi ventanilla. "No se apure, don Donaciano, yo sé que los conseguiré." A contar, a contar. Al hacerlo, no se puede pensar en nada. Así me acostumbré a soslayar los pensamientos molestos. Sólo cifras, cuentas. Los ojos vigilan a los dedos como un domador lo hará con un animal amaestrado. Todo el cerebro está alerta a que no haya ningún error. Es dinero del banco y no se permiten equivocaciones. Un descanso. La pipa. Me excito como quien sabe que la cita de hoy, con la mujer deseada, es la definitiva. Hoy será mía. Es angustioso no hacerlo ya. Un pretexto. En nada más quince minutos puedo ir por ella. Me invade el ansia de perderla, de hacerme atrás. Voy por ella. Me siento ligero. Estoy frente al escaparate: ahí está esperándome. Tembloroso, cuando la pido a la dependienta, me embarga la más fuerte emoción. Me la muestra. Qué bien se acomoda al hueco de la mano, qué grato es para los dedos sentirla. acariciarla, apretarla...

¡Y qué espantoso! De golpe se me revela que no seré ya capaz de comprarla, que no será mía jamás. Todo se derrumba dentro de mí. ¿Qué ocurre? ¿Dónde está la fuerza que tuve para vencer la compasión? En eso dejé todo. El muro se ha cerrado otra vez, para siempre; la lucecita se ha cegado. Estoy en tinieblas. ¡Y qué derrota! "No, señorita, no era ésta... Perdone..., volveré otro día." No, no volveré.

Regreso al banco, lentamente. Estoy en mi jaula. El billete está en mi mano. No es mío, no supe hacerlo mío, no lo será nunca. Lo reintegro. Nadie sabrá jamás lo que he perdido, ni mi egoísmo, mi cobardía. Lo que pudo aliviarse y no se alivió. Ninguna cifra alterará el total del balance. Todo estará correcto: cien pesos más en la bóveda.

ADRIANA

La tierna aparición

Sintió un irrefrenable deseo de saltar, un irrefrenable deseo de reír, un irrefrenable deseo de llorar, un irrefrenable deseo de gritar.

A pasos rápidos, nerviosos, buscó adónde ir. Casi sin darse cuenta de que la madre de ella lo abrazaba, salió al corredor.

Al pasar por la puerta —esa puerta detrás de la cual había oído los gemidos de la madre y el lloro de la recién nacida—, otra enfermera asomó.

—Se parece a usted.

Hubiera querido tener alas.

Y allí, en la soledad del corredor, se desbordó.

Como si fuera un fuego de pirotecnia ascendiendo y dibujando con multicolores luces todo el volumen de la noche.

Como si su interior creciera y ríos de ternura y alegría lo bañaran.

Como si estuviera saboreando la bondad de la vida.

Como si todo hubiera cambiado y fuera otro, mil veces mejor.

Como si fuera un hombre extraordinario.

Como si hubiera aprendido a decir, con una palabra, millones de palabras.

Como si tuviera la noción de que ya no moriría nunca.

Y era tan vertiginoso, tan lúcido, tan profundo, tan sorprendente, tan inesperado y tan bello todo lo que le bulía por el cuerpo y el corazón y tan diáfana la sensación de que por primera vez en su vida podría ir adonde quisiera, que lloraba con ganas de reír, y reía con ganas de llorar, sin saber si reía o lloraba.

—¿Se siente mal?

La madre de ella se lo dijo, acercándose a ayudarlo, asustada.

—Me desahogo. Gracias. No es nada. ¿Están bien?

Llegó la enfermera, alba, buena.

—Venga. Ya puede ver a su hija.

Allí, tras un cristal, envuelta en las ropas que la esposa había preparado con ilusiones y ternuras anticipadas, dejando sólo ver la cabeza, estaba ella.

La miró, profundamente, con asombro, con curiosidad, con duda, con certidumbre, con una ternura extraña y nueva, con tímido, soberbio y ancho orgullo. Y más tarde, al salir a la calle, empujó la puerta entre queriendo quedarse o correr en busca de los seres humanos a decírselos. Con un impulso de ir a algún lado. Se metió las manos en las bolsas, las sacó, frotándolas como saludándose a sí mismo porque era simple y totalmente feliz.

Caminó aprisa, buscando la gente, queriendo repartir su alegría. Y en una esquina, ante un desconocido que esperaba un vehículo, con ganas de abrazarle le dijo:

—Fúmese un cigarro. Se lo ofrezco con mucho gusto.

El feliz hallazgo

Adriana conoce las flores. Le gustan. Sobre mis brazos, descubriendo al mundo, las observa curiosamente y extiende hacia ellas sus manecitas para acariciarlas con graciosa y delicada precaución.

Las primeras ideas precisas para ella, además de los seres que la rodeamos, son las lámparas, el gua-gua, el miau, la calle, la papa (la leche), la cuna, la meme (a dormirse), ¡no toques eso!, la patita (el pie), ¡upa! (que se prenda a mis hombros para cargarla), ¡mira! (que vea algo que aún no conoce).

Cuando llego a casa y me descubre, sonríe alegremente y me tiende su prodigiosa ternura, como si yo fuera todos los días un feliz hallazgo para ella, cuando ella lo es siempre para mí. Comprendo su gusto por estar trepada hasta mis brazos, rodeándome el cuello, arañándome una oreja, despeinándome. Creo que se siente más apta para ir comprendiendo y conociendo todo eso desconocido, inesperado, que va brotando ante sus ojillos escudriñadores: imágenes y objetos que sus miradas inteligentes van identificando y que poco a poco transforma en ideas exactas, con una lógica poética, en semillas de palabras que su memoria inicial hace un idioma que crece.

Si le digo: "vamos a ver al miau", sabe de inmediato que saldremos a la azotehuela, que yo haré "¡phsss!" y que al dirigir ella su mirada hacia el tejado, aparecerá un gato al que podrá observar larga y atentamente.

Le propongo: "¿vamos a la calle?" Alborozada, da su entusiasta consentimiento y vuelve los ojos hacia donde está la puerta. La paseo por la acera y ella lo contempla todo desde su atalaya, especialmente a los niños que juegan y a quienes sigue, con miradas concentradas, probablemente con deseos de correr y saltar como ellos, atraída por afinidades que debe ir adivinando.

Le llamo la atención sobre que atrás, a sus espaldas, pasa un perro y prestamente vuelve la cabeza. Si va seria, sonríe de pronto ante cualquier persona —yo no me atrevería a decir que se ríe de ella— rque algo en esa persona le estimuló un sentimiento de alegre sorpresa. O da alborozados gritos ante niños tan pequeños como su propia edad, atisbándolo todo, en secreta meditación, los carros, los tranvías, los papeles tirados en el suelo, una ventana, las gentes que pasan o algo que está ahí, inmemorial, a la vista de todos y que nadie sabe ver ya.

Luego, asombrada ante ese mundo estático y móvil que bulle fuera de su cuarto, se inclina sobre mi hombro y yo la arrullo, hasta que se queda dormida. Y yo quisiera poder expresarle entonces que nada de todo eso, de la calle, de las gentes, del día, de los colores, de las formas, es tan maravilloso para mí, como ella misma, entre mis brazos, haciéndome sentir que aprieto dulcemente a la más dulce de todas las vidas.

El prodigioso solito

Corretea por la casa, a "gatas". Sólo si se siente asegurada, se atreve a caminar, a menudos pasitos, dando la vuelta alrededor de la cama. Queremos hacerla andar y ella se niega. Prefiere la seguridad del piso, apoyada en pies y manos. Va y viene, incansable. Ha crecido de pronto, como de un día a otro, en sonriente milagro, asombrándonos de que ella sea la misma miniatura que mecíamos casi en las manos, cuando era pequeñita, tan pequeñita que creíamos que pasarían muchos, muchísimos años para alcanzar un palmo más. Y ha pasado menos de un año y ella está regordeta, moviéndose, viéndolo todo, queriéndolo tocar todo con curiosidad inagotable que le fluye de sus manecitas. Ya la casa, que era tan grande para ella, va reduciéndose y no tengo mucho nuevo que enseñarle, porque todo lo conoce. Hoy, su madre me ha revelado una noticia sorprendente, de inusitada trascendencia: "Adriana ya sabe hacer solitos." Me parece una hazaña extraordinaria. Ella, tan pequeñita, por primera vez en su vida ha aprendido a sostenerse en pie, a quedarse plantadita, sin ayuda de nadie. Se lo pido amorosamente, dispuesto a ver el más feliz espectáculo: "Adriana, haz un solito para tu papá." Ella medita brevemente y acepta gentilmente complacer mi solicitud, aunque sabe guardar su emoción mejor que nosotros. La alzo, la coloco sobre el suelo y ella me complace. Se queda de pie, con las piernecillas abiertas, sin doblarse, para asentarse mejor. Yo, en cuclillas, la veo con la más expectante admiración. Ella no se mueve. No se atreve, por temor a caerse. Y de pronto, porque ha pasado un rato de inmovilidad y ha creído que se quedará allí en suspenso, me grita, angustiada, a punto de asustarse. Y antes de que se suelte a llorar, le extiendo los brazos, la levanto, la hago sentirse a salvo de perder el equilibrio. Y los dos nos reímos, felices, llenos de orgullo mutuo. Ella, porque yo estoy ahí, para tenderle a tiempo los brazos; yo, porque ella se ha transformado, aprendiendo a pararse, en un prodigio formidable de la vida.

UN GATO EN EL HAMBRE

Su padre lo esperaba en la puerta.

—¿Conseguiste algo?

Había una angustiosa esperanza en su voz y en sus ojos.

Siempre que nada había obtenido, como ahora, percibía que la cara de él estaba más enjuta, chupada por los ayunos. Se sentía terriblemente infeliz, dolorosamente responsable de que su padre tuviera que quedarse sin comer.

Entraban en silencio. Con el ácido silencio de la derrota.

En las dos piezas, las gallinas alborotaban, ensuciando los pisos —mal teñidos con congo amarillo— y dejando un olor desagradable. Ella hubiera muerto si alguien las hubiera tocado. Antes se quedaban todos sin comer que faltar el maíz para los animales. Y cuando llegaban a poner un huevo, justificaba con eso defenderlas del hambre de ellos.

—¿Qué trajiste pa los frijoles?

Así empezaba, para ir en *crescendo*, hasta el insulto. Estaba enferma de los nervios. Las más hirientes ofensas salían de su boca destinadas al viejo. Tal vez el odio de ella era en esos instantes más grande que el suyo.

Oía los insultos y los gritos como lanzados a su propia carne. Hasta que reventaba.

—Cállese, parece usted loca.

E igual que las otras veces, en ese momento ella era presa del ataque. Se convulsionaba hasta caer el suelo, los ojos extraviados, con espuma en los labios.

Entre los dos la levantaban y la ponían sobre la cama, sin hacer un comentario. Si acaso el padre, preocupado, lo urgía:

—¿No habrá alcohol?

Al atardecer, a la luz de las velas —habían cortado la instalación eléctrica una vez más—, todo era inmensamente triste y feo. Tan triste y feo que ni siquiera daban ganas de llorar ante la desolación incrustada allí, en unos cuantos metros cuadrados del corazón de la ciudad.

El padre, abrumado, se concentraba en el *Chato*. Era un gato blanco, de sorprendidos y llorosos ojos, siempre sucio. Parecía perro, de humilde. Recibía al padre brincándole sobre el hombro, para quedarse allí como dueño del único sitio amable de la casa.

El padre, ponderando con una orgullosa sonrisa la inteligencia del gato, decía:

—Ninguno es capaz de hacer esto.

Eran amigos.

El padre lo acariciaba y le decía palabras paternales. Horas y horas el *Chato* ronroneaba trepado sobre el hombro, calentando la isla en que se instalaba el viejo, al sentarse en su silla, sin responder al habla incansable de la mujer, con sus inacabables quejas, echándole en cara que "no hubiera hombres en casa".

Ambos, el viejo y el gato, parecían no oír el desagradable estribillo. En todo caso, el animal saltaba del hombro y se acomodaba en las piernas del viejo, que le acariciaba el lomo, una y otra vez, como acariciando sobre su hirsuto y pegajoso pelo una única y tersa esperanza.

Otro día, él y su padre salían juntos. El viejo daría una vuelta para ver al conocido que le había ofrecido buscarle empleo en una oficina pública y luego haría tiempo caminando por las abigarradas calles de La Merced, esperándolo al fin cerca de la vivienda. A mediodía, estaría en la puerta, con la misma angustia.

—¿Conseguiste algo?

Él era joven y esa vez había obtenido diez pesos. No resistió a buscarse una mujer. Como otras ocasiones, tuvo remordimientos. Con los diez pesos podrían comer toda una semana. Pero también esa hambre era poderosa y apremiante.

Casi la primera de las que se le ofrecían. Lo sedujo por la profunda ternura de su voz:

—Ven güerito, te haré cosas bonitas.

La arregló por dos pesos y pagó tres por el cuarto del hotel. Hubiera querido prolongar el rato. Pero, después, ella demostró que también tenía hambre y que no le interesaba más que irse pronto, con sus dos pesos.

A los tres días le apareció la enfermedad, cuando se había acabado ya el dinero. Fue una sensación como si estuviera perdido para siempre y ya jamás pudiera resolver absolutamente nada. Como si acabara de entrar en una vida peor que la de la miseria, que ahora parecía haber sido más soportable.

Hubiera querido quedarse allí en la cama, escondiendo su vergüenza y su desgracia. Pensando en todos los años y en todos los días anteriores a ese momento de la asquerosa revelación, que ahora eran días y años luminosos.

Allí estaba el *Chato*, humilde, con sus grandes ojos llorosos que parecían comprenderlo todo.

Sintió deseos de molestarlo.

Con el palo de una escoba empezó a perseguirlo, hostigándolo. El gato, sorprendido, se escabulló, hasta huir, aterrorizado, ganando la azotea.

No regresó.

Los días pasaron, sin que el padre profiriera palabra. Solo, en su ahora incompleta isla, extrañando el cordial ronroneo de su amigo, se sumió en hosco ensimismamiento.

Un día consiguió, al fin, un empleo. Cuando se acercó a la vivienda y vio a su padre que lo esperaba, le sonrió desde lejos, queriendo animarlo.

—Mira, papá, conseguí trabajo. Ganaré veinticinco pesos a la semana y me han dado un anticipo. Ya no nos faltará qué comer y podremos pagar la renta.

El viejo se quedó serio, triste, con una abrumadora indiferencia hacia tan buenas noticias.

—Pobrecito del *Chato,* se ha perdido para siempre.

Comprendió que le había quitado a su padre lo que le daba fuerzas para vivir todos esos días miserables.

Que lo había dejado solo.

Tan solo, de pie ahí en la puerta del barrio, como si todo lo demás le fuera extraño, vacío, y la vida se hubiera caído hecha mil pedazos que jamás podrían reconstruirse.

LA INFANCIA PROHIBIDA

A José Revueltas y Raúl Ortiz Ávila

Yo ERA entonces un chamaco soñador y sensible que trepaba dificultosamente por unos mal encaminados 11 años. Frente a mi precaria, ahogada niñez, se alzaba el mundo de "los grandes". Pero ese mundo vivo, confuso, al que ansiaba arribar, estaba al otro lado de la esquina, de esa esquina que limitaba mi albedrío y de la que, por una estricta, rigurosa prohibición, nos estaba vedado pasar. Penas severísimas pendían sobre nuestros tímidos hombros, si alguno se arriesgara a cruzar esa línea de fuego, después de la cual podía uno extraviarse o ser raptado por los robachicos. Sin embargo, para desasosegarnos, nuestra intuición nos revelaba que más allá de esa frontera estaba el secreto de todo eso que podrían ser los pantalones largos, los bigotes, el acariciado anhelo de llegar a hombres.

Huérfano un par de años antes, me habían recogido unos tíos sin hijos. A pesar de ser en exceso secos, adustos, apegados a rancias normas donde la ternura no tenía sitio, al principio tuve el calor que solicitan los niños sin padres: lo inesperado de tener ellos un rapaz juguetón suavizó sus ásperas costumbres. Pero pronto el modo de ser labrado por ellos como una verdad eterna se reinstaló en la severa casa, para que el espacio otorgado a mi infancia fuera estrecho y absurdo y para que un negro telón velara todo signo de una vida que muchos mexicanos transformaban allá afuera, erigiendo una nueva época que en casa definían como "barbaridades de *pelados*".

Tuve que aprender a respetar reglas y más reglas: no penetrar, salvo autorización especial, en la sala siempre oscura y misteriosa, en la estéril biblioteca o en el fúnebre comedor sólo poblado por la rara visita de un huésped solemne; no pisar los encerados, cuyo brillo era más satisfactorio para mi tía que cualquiera de mis sonrisas; no entrar en casa por la puerta principal, ni saltar los escalones ni deslizarme por el incitante pasamanos de la escalera; no arrojar nunca nada al suelo, ni tocar las pesadas cortinas ni sentarme en los rancios sillones; no tirarme sobre las alfombras y, lo peor, no hojear los tentadores volúmenes que, como amigos cómplices, me invitaban a evadirme sugiriendo mundos donde había libertad para saltar, jugar, gritar y conocer las cosas más prohibidas y deseadas.

Una desgraciada topografía impedía conquistar ningún rincón donde devorar impunemente un libro capturado después de una astuta estrategia o donde soñar con aventuras gloriosas o hacer todo lo que puede hacer un solitario niño de 11 años. La mirada vigilante, imperiosa, de mi tía, se preocupaba por sobre todo en mantener incólume su dominio, la inmovilidad perpetua de sus muebles en el lugar donde ella los acomodó. Su tozuda malicia de que fatalmente yo estropearía algo la hacía estar siempre atenta a no permitir que yo ganara para mí, restándolo a su coto, un trozo de ese imperio en el que, como toda reina, era omnímoda, absoluta y egoísta.

Un día la familia se acrecentó: de la tierra norteña, empujados por la resaca revolucionaria que cubría al país, llegaron a casa otro tío y su hijo, éste de edad colindante con la mía. En ese lapso en que la novedad no degenera en costumbre, la felicidad de parientes que se reúnen después de una larga separación y entroncan sus vidas, hasta ayer desligadas, antípodas, para fundirlas hoy en los mismos anhelos, en las mismas preocupaciones, crea en el hogar horas plácidas, cordiales. La amistad con mi primo, las charlas fabulosas sobre lo que él conocía de tierras para mí ignoradas, lo que yo le inventaba de la isla en que estaba prisionero —isla que por necesidad habilitaba de continente—, me hicieron creer que esta inusitada comprensión de mis tíos, esta afabilidad y estas inesperadas concesiones para violar el código que regía en casa perdurarían ya sin fin.

Las cosas fueron de otro modo. En ellos se fermentaba la amargura de que su posición de "familia decente" —timbre de orgullo casi aristocrático durante el porfirismo— ahora no tuviera crédito ante "generalotes, plebe y bandidos que llevaban a México al desastre". Y esa amargura de quienes prendieron sus ojos a un ayer que simbolizaba la perfección de la sociedad, ensombrecía nuestra infancia, porque nuestros mentores nos transmitían su falta de fe en la vida que nos iba a tocar vivir. Además, la pérdida de los patrimonios familiares, arrebatados en el caos de la lucha civil, les avivaba un rencor implacable hacia las nuevas cosas y hacia quienes habían derrumbado "su mundo". Y nos hacían compartir ese rencor, creándonos una conciencia de despechados.

Y luego, para mí, el más duro golpe: Rafael, el primo en quien había supuesto un compañero con quien dividiría el pan y la sal de lo poco que a mí me proveían, era un muchacho listo, vivaz, que me birló los poquísimos privilegios que yo había obtenido después de poner en juego una precoz diplomacia y que convirtió, usando su condición enfermiza y la prohibición médica de que se le regañara, en la odiosa regalía de niño consentido. Todos los mimos, todas las atenciones, todos los pasaportes para recorrer a su antojo las zonas para mí vedadas, todas las inmunidades para hacer travesuras, todos los permisos para violar a sus anchas una ley a la que yo tenía que continuar sumiso, me estimularon un lastimoso complejo: el del "arrimado". Mi sensibilidad herida, mi extremosa ternura sin respuesta, me hicieron suponer que no se me quería, al imponérseme un torturante y permanente estado de injusticia.

Fue entonces cuando me nació el impulso de escapar. Y se convirtió en necesidad inaplazable, cuando hice algo lleno de inocencia y que resultó para los de casa todo un acto de hipocresía. Tenía yo, a pesar de mi corta edad, un vello tupido que me sombreaba las mejillas. De atisbar cómo, con la maquinita de rasurar siempre a la vista en el botiquín del baño, fácilmente mis tíos se tiraban las barbas, urdí la idea de imitarlos. Bien decidido —y en mi decisión había la esperanza de que tendría un motivo para que en casa, por lo menos una vez, los elogios y los mimos me correspondieran por hazaña tan singular—, tomé la brocha y me enjaboné la cara, y de la misma manera como lo había visto, me tumbé en unos cuantos minutos todos los finos pelillos.

Satisfecho, con el aire triunfal del escolapio que calificó sobresaliente en los exámenes y a quien se suponía reprobado, me instalé en mi lugar de la larga mesa, precisamente al momento más importante que podía haber en casa: la comida.

No dije nada. Frente a Rafael, sonreí con una sonrisa superior, vengativa, voluptuosa, que le intrigó porque tal expresión sólo podía permitírsela él, acaparador de las prebendas hogareñas. Pronto, con mirada sagaz, descubrió la causa. Y seguro de perderme, anunció acusadoramente:

—¡Mira, tía, Alberto se rasuró!

Todos los ojos convergieron sobre mi cara. Mi satisfacción no tenía cupo dentro de mí y se me derramaba, sin querer, por los ojos y en los gestos. Y cuando yo esperaba felicitaciones entusiastas, algo así como un rotundo "esto prueba qué gran muchacho es Alberto", la voz cortante, airada de mi tía —ya mi sonrisa había escapado para posarse burlona en los labios de Rafael— heló mi euforia con un irrebatible:

—Vete de la mesa. Te quedarás sin comer...

Y con un comentario escandalizado justificó el castigo:

—Dios mío, ¡cómo han cambiado las cosas! ¡Ahora los niños quieren ser hombres antes de tiempo! Esta época de perdición los hace abrir los ojos a la malicia demasiado temprano.

—Son las malas influencias de estos gobiernos herejes que padecemos. Ya no hay respeto, decencia, nada. Todo se acabó con don Porfirio.

—Hay que darle un buen escarmiento —terció otro de los tíos—, pues Beto tiene malas ideas y es un mosquita muerta. Lo descubrí el otro día leyendo un libro inmundo. Quiere adelantarse a su edad, y eso es peligroso.

Humillado, me retiré arrastrando mi amarga derrota y con el sabor ácido de la rebeldía impotente. En mi corazón, cada latido era una protesta contra quienes no eran capaces de comprenderme. Era una prueba más de que no me querían. Debía huir de una vez por todas...

¿Irme de casa? Sí, traspasar el límite prohibido de la esquina, exponerme a que me robaran esos que secuestraban a los niños para desfigurarlos, de modo que jamás pudieran volver a ser identificados. ¡Qué más daba! ¡Qué cosa peor podía haber que en casa no me quisieran, que no me dieran la ternura que mi sed de amor exigía! Sí, debía irme. Tal vez mi destino estaba en la iglesia, en morir por Dios ahora que perseguían a los católicos y podía convertirse uno en santo. Le rogaría a Diosito que cuando estuviera frente al altar se cayera la cúpula de la iglesia sobre mi cabeza y muriera en su gracia. Así me iría derechito al cielo y en casa tendrían que tomarme en cuenta. ¡Caray, pero nunca volvería a Chapultepec, ni jugaría la "roña", ni a las canicas, ni me llevarían a los caballitos de la Alameda! Más valía ir con el dueño del circo Beas y decirle que me agregara a su *troupe*. Me convertiría en cirquero o, mejor, para que no me rompieran las coyunturas, aprendería a ser domador de leones. Y un día, al volver después de muchos años, los de casa asistirían al circo y cuando descubrieran que el valiente domador de los feroces leones era precisamente yo, y cómo me aplaudía el público, se admirarían de que fuera tan famoso, arrepintiéndose de no haberme querido. Entonces serían buenos y no se cansarían de pedirme que regresara con ellos, prometiéndome que en casa podría hacer lo que más me gustara, desde resbalarme por el pasamanos de la escalera hasta leer los libros antes prohibidos.

Estaba en esas imaginaciones, allá en el más lejano rincón, cuando Rafael se me acercó para enojarme con risitas y gestos. Me dio mucha rabia. Enseñándole un puño, lo amenacé:

—¡Ya verás, te voy a pegar...!

Retrocediendo, pero deseoso de verme más compungido, continuó la provocación.

—¡Éjele, éjele, el que quería presumir de barbón...!

Me lancé tras él, encorajinado. Pero antes que mis manos lo tocaran, huyó lanzando lastimeros gritos.

—¡Papá, tía, Beto me pegó!

A sus lloriqueos y quejas, tan convincentes como si de verdad lo hubiera golpeado rudamente, su padre —quería a Rafael con ceguera— se llegó hasta mí y en un arrebato de cólera me propinó dos manazos que me hicieron caer.

—Eres un abusivo —me reclamó indignado—, pegarle a Rafael... Tú eres más grande y sabes que está enfermo.

Oí más exclamaciones de reproche en contra mía y consoladoras palabras dedicadas a Rafael. No podía sufrir más. Era la hora de huir, de abandonar para siempre ese mundo hostil, incomprensivo, en el que un sillón, una cortina, eran más considerados que mi desvalida niñez. Quedamente, embargado por una extraña emoción, me incorporé atento a todos los ruidos y me deslicé sigilosamente hasta hallarme en la calle.

En un momento llegué a la esquina, al punto decretado como el confín de nuestra curiosidad.

Con la desesperación de un náufrago que se lanza a la lejana playa, crucé la hasta entonces inviolada frontera y por primera vez en mi vida, solo, con mis 11 años tocados por el dolor —ese viejo ciego y cruel que conoce la amarga ciencia de anticipar la edad— me dirigí hacia la dolorosa aventura de hacerme santo o convertirme en domador de leones.

La calle, cuanto más me alejaba, se hacía más larga y las casas parecían crecer. ¿Qué veía? No el brillo de esa tarde otoñal, dorada, desperezándose bajo un aire ligero y diáfano. Mi deseo de explorar ese mundo desconocido donde vivían otros hombres y otros niños cuyas vidas ansiaba descubrir, de muchachas que serían como las princesas de los cuentos que leía y a quienes me sentía dispuesto a amar, era ahora un deseo apagado bajo la incertidumbre de hacia dónde orientar mis pasos...

Sólo había caminado en zigzag unas cuantas cuadras, cuando un espectáculo inusitado deslumbró mi atención: frente a una pulquería varios hombres inflaban un globo de papel. Diciendo palabrotas de ésas que no podíamos repetir y riéndose alegremente, los hombres, como si fueran muchachos —salvo sus rostros duros, sus ojos enrojecidos—, ayudándose de muy buena gana unos a los otros, procedían a preparar el viaje del vistoso globo envuelto en multicolores papeles de china y engalanado de banderitas mexicanas. La escena me fascinó. Si iba a ver cosas tan extraordinarias, qué maravilloso era andar libre, por la calle...

En un instante olvidé todo para absorberme en la contemplación del patriótico globo que, temblando con el humo que despedía la estopa encendida bajo su vientre, parecía ansioso por ascender, aleteando los adornos de papel —rojo, blanco y verde— que manos amorosas le confeccionaron. Me puse a soñar que yo, como lo había visto en estampas, subía al aeróstato, hasta arriba, muy arriba, desde donde Dios, a pesar de mis rezos, no era capaz de hacerme buena mi infancia. En lo alto, navegando en el límpido cielo, podría ver de norte a sur, de oeste a este, a la gran ciudad que aprendía a amar por mí mismo y sentirme tan dueño de ella como no me lo enseñaban.

El globo urgía ya que lo liberaran, repleto de humo, y en un descuido de quien lo sujetaba, como un hombre gordo y beodo que se inclinara hacia uno y otro lado, se escapó al espacio, para abandonar la calle, las casas e internarse en el cielo dejando la estela óptica de sus colores mexicanos.

Embebido en seguirlo, con mis ojos fijos en su ventrudo cuerpo, ajeno a todo lo demás, de pronto no atiné de quién podía ser la mano que me tomaba ásperamente por la oreja. Regresé a la tierra con un sobresalto y, al volver la cara, me topé con la mirada ominosa, acusadora, de uno de mis tíos que, hosco, como efigie de los peores augurios, me señalaba categóricamente el camino a casa. Si no que me tragara la tierra, sí deseé más que nunca que se hiciera el milagro de que alguien me llevara hasta el globo y me dejara perderme con él. Toda mi decisión, mi bien trabajada decisión de huir, se desmoronó para que me sintiera más pequeño. Con un sordo "¡vamos!", mi tío me empujó y me obligó a seguirlo.

Pronto —y mi corazón parecía otro globo que quería también huir— recorrimos las cuadras que mi desesperación había cruzado en pos de un nuevo destino, para ir sintiéndome otra vez el mismo párvulo obligado a no llegar más allá de la esquina límite. Un gran temor me invadió al suponer que, más grave que haberme rasurado, lo sería el haber violado la norma inflexible de no cruzar la línea prohibida y de que ello me acarrearía consecuencias terribles.

Tras de mi tío, sentí que se me desplomaba el mundo. Y más me alarmó que a distancia advertí frente a casa un inusitado movimiento de personas. Al acercarnos, vi que eran los vecinos, los padres y las madres de mis amigos que también allí se hallaban en colectiva actitud de expectación. Hasta las sirvientas —y ya estábamos muy cerca— hacían rueda con el grupo, todos mostrando rostros ansiosos.

—Todos te hemos buscado, Beto, decían que te habían llevado los robachicos.

Me quedé pasmado. ¿Era posible que yo pudiera causar esa ansia, ese interés? ¿Que se le hubiera dado tanta importancia a mi desaparición, que hasta los vecinos participaran en una anhelante espera del chiquillo perdido? Una suave, dulce, sedante calma embargó mi agitado, desconcertado corazón: ¡me querían!

¡Y pensar que podía haberme ido más lejos, donde no me hubieran encontrado; que podían haberme raptado los robachicos para no haber llegado a saber nunca esta embriagadora noticia de que era amado! Podía soltar mi ternura: mi tía me esperaría con los brazos abiertos, dispuesta a estrecharme en su regazo —como no lo había hecho antes— y darme maternales besos que yo ansiaba recibir para ser el más feliz de todos los niños.

Pasé entre el corro de gentes y muchachos, sonámbulo de alegría, apenas oyendo sus exclamaciones:

—Don Pepe, ¿hasta dónde lo encontró?

—¡Virgen María Santísima, gracias a Dios que no se fue más lejos!

—Ya ven muchachos, que no les ocurra alejarse de aquí.

Y luego, a mí, con un empujón entre severo y cariñoso:

—Ándale, muchacho, entra a calmar a tu tía. La pobre está medio loca creyendo que te habían robado...

Trémulo, acongojado, contento, culpable, satisfecho, penetré en casa. Rafael me antecedió gritando la buena nueva.

—Tiiiíta, tiiiíta, aquí está Alberto. ¡Tío, Beto ya apareció!

En su alcoba, mi tía se ahogaba en sollozos. Como un criminal —por saberme causante de esa pena—, me acerqué sintiendo las palabras pegadas a mi garganta, el corazón golpeándome el pecho, sin más ánimo que el de arrojarme entre sus brazos.

Ella levantó su cara y, al solo verme, su actitud de congoja se convirtió en una actitud tempestuosa. Poniéndose los brazos en jarras, me contuvo en seco:

—¡Muchacho condenado! —me gritó—, ves cómo estoy delicada y me haces pasar este mal rato. Te voy a dar una paliza para que se te quiten las ganas de ir a pasear. Ya verás...

EL PRETEXTO

DEL HOMBRECILLO destacaban unos ojos apremiantes, maliciosos y, sin embargo, con un parpadeo a veces de escéptica melancolía. Un traje entallado, rabón —su original color estaba teñido de lustre y grasa—, ajustaba la seca delgadez de su dueño, cuyo rostro sólo brillaba en las narices, pulidas a un encarnado vivo.

—Es un borrachín empedernido —me avisó Gonzalitos—. Fue aquí oficial segundo y lo corrieron porque se ponía unas guarapetas que le duraban semanas.

El hombrecito —que lo era por su baja estatura— hablaba con respetuosa solemnidad, con cortesía de empresario de pompas fúnebres.

Se me acercó lanzando sobre mí la ventaja de su edad. Con un aire de misterio de quien va a tratar un negocio de importancia.

—Perdone, joven. Usted tiene cara de persona comprensiva. ¡Ah, la juventud! Cuídela, es usted buen mozo, tiene usted la vida por delante...

¡Parecía que iba a revelarme una verdad eterna! Frotándose las manos, como si tuviera frío, como si organizara sus ideas entre el juego de trenzar largos dedos, buscaba apoyo a su pecho sobre invisible soporte, envolviéndome.

—Míreme a mí, viejo, acabado, ya sin fuerzas para ganarme la vida. ¡Ah, ustedes los jóvenes, que no saben de problemas! Ustedes...

Carraspeó, para despejar el tono chillón en que se iba a disolver su voz persuasiva.

—Aquí me ve usted, pobre, sin trabajo y mi pena más amarga no es todo eso. ¡Si fuera nada más yo, qué me importaba todo! Tengo a mi madrecita enferma, sufriendo un mal incurable. ¡Qué no debe hacer un hijo, por perdido que sea, que no trate de aliviar los males de quien le dio el ser! ¿Usted tiene viva a su madrecita? ¡Ah, lo único puro, lo único santo de esta vida! ¿Cómo no quiere que haga a un lado mi dignidad? Es muy duro verla sufrir, no tener dinero para comprarle sus medicinas. Mire, aquí están las recetas. Usted es bueno, joven. Usted me comprende. Nada más cinco pesos. Hará usted un bien grande. Yo le diré a ella que rece por usted... ¡Gracias, Dios pagará su buena acción! Y van a decirle que son para beber. ¿Cree usted que sería capaz de tirar esto en una cantina? Sí, es cierto que bebo, pero por desesperación. Con esto no, palabra. No crea lo que le digan. Que su buena acción quede limpia de toda duda. ¡Gracias, joven amigo, gracias!

Además de sus palabras agradecidas, con efusión que quería abrumarme, acercándome el rostro envuelto en vapores alcohólicos, viéndome con mirada llorosa, triste, en la que había extraños chispazos, me apretó la mano largamente.

—No se lo podré pagar nunca. Usted sabe: medicinas para el ser más bello del mundo. ¡Gracias, le diré que rece por usted!

Gonzalitos, sonriendo con sorna, me bloqueó allí en el rincón al que el hombrecillo me había ido empujando.

—¡Ah, qué amigo! Se dejó usted engatusar. ¡Qué madre ni qué caramba! Ese quiere beber. ¿En cuánto le salió?

Estaba fastidiado de que un gesto generoso se

convirtiera en una ingenuidad. No respondí, pensando en el tono de honda verdad usado por el hombrecillo al hablar de su madre. Me dolió, por ello, la palmadita compadecida que Gonzalitos me dedicó. Yo tenía satisfacción de haber dado el billete al pobre solicitante. Al dar, se siente uno bueno, más grande, igual que aliviarse de cosas mezquinas. Y me irritaba pasar por un tonto, al que le han cometido un burdo engaño, trastocándose así en avergonzado error lo que era gusto íntimo.

La palmadita fue certera en sacudirme dudas y disipar mi buen ánimo. A lo mejor, el tal señor era en verdad un cínico borrachín, buscando obtener unos pesos para su vicio y todo el cuento de la madre no había sido sino ensayada invención. Mi dádiva se volvía una molestia. La inminencia del ridículo le dio vuelos a mi egoísmo, proponiéndome no dejarme enternecer tan fácilmente.

Fueron dos o tres días después que esperando un tranvía, vi de pronto al hombrecillo que atravesaba la calle, bamboleante, sin medir el peligro de ser aplastado por un vehículo, la mirada fija, un faldón de la camisa por fuera y el sombrero ladeado, mantenido en sorprendente equilibrio.

Traté de esquivarlo, más él, como si me presintiera, salvando los zigzags que le marcaban sus piernas, se dirigió hacia mí. No supe si saludarlo o ignorarlo, preocupado de que otras gentes me sorprendieran en esa compañía. Él, medio dejándose ir hacia adelante, doblado primero, se centró ante mí, alzó luego su cabeza como pájaro que la sacude para atornillarla firme sobre su base inestable y con voz enronquecida me saludó.

—¡Venga, vamos a tomar un trago! Usted es mi

amigo... mi amigo del alma. Usted es gente buena, noble. Usted vale mucho...

Varias personas me observaban, y yo, muy incómodo, teniendo ya a mi alcance el tranvía, arrojé un ininteligible "gracias, no puedo, adiós, tengo muchísima prisa" y trepé de huida forzada en el vehículo. Desde la ventanilla lo soslayé buscándome, muy serio, muy desilusionado, con un reproche ante mi brusco desaire. El hombrecillo estaba teniendo la extraña virtud de inquietarme. Empecé a sentir remordimientos por haberlo dejado plantado. A lo mejor, el pobre, como me había asegurado, bebía por desesperación. No es cualquier cosa tener a la madre enferma, sin dinero para sus medicinas. Arrepentido, casi un impulso me obliga a regresar a pedirle excusas.

No habían pasado dos días, cuando al salir de la oficina me abordó, muy circunspecto y digno. Me saludó sin dar a entender que algo hubiera pasado entre ambos y como si tuviera el derecho obvio de solicitarme un nuevo servicio.

—Joven, le debo una explicación. No quiero mentirle. Le juro que no he bebido con su dinero. ¡Por Dios que no! No sería capaz de eso, a pesar de mi situación. Mi madre sigue mal, muy mal. Compré las medicinas y ahora hay que conseguirle otras. Se muere, joven. Mire...

Sacó de su bolsa una serie de viejos papeles. Hurgó entre ellos, hasta descubrir una receta, que desenvolvió con sumo cuidado.

—Si no consigo esto, se me muere. Mi madre, joven, mi madre. Esto es muy serio, lo ha dicho el médico. Usted no puede fallarme. Usted, en cuyos ojos veo la nobleza, la bondad. Solamente otros cinco pesos. Está de por medio la vida de un ser sagrado.

¡Parecía tan afligido! Se me quedó viendo, esperando mi comprensión, con una anhelante gravedad en su pequeño porte, elevándolo al alzar la cabeza lo más arriba posible, las manos trenzadas, a la expectativa, en contrapeso su inferioridad de pedir con su confianza de merecer.

Traté de defenderme, vacilante entre la lástima y la incredulidad, luchando en mi interior por saber hasta qué punto fingía o no, persuadido fugazmente de su verdad por el calor de su parlamento y simultáneamente, desconfiando por los testimonios en contra suya que tenía, y por el recuerdo de haberlo visto tan beodo.

—Pero creo que no traigo ahora casi nada de dinero. A ver si mañana...

Sentí en sus ojos un relámpago de reconvención, una mirada acusadora de que sabía que le estaba mintiendo y no caía en mi mentira. No tuve más que darle el billete, sintiéndome como si hubiera pretendido birlarle lo que era suyo. Lo tomó, con suma dignidad y ahora su gratitud se manifestó en una fría cortesía, como sutil pago a mi reticencia.

Al irse, oí tras de mí la risa sarcástica, indiscreta, que Gonzalitos me lanzaba, con nueva y más fuerte palmada irónica.

—No tiene usted remedio: se deja embobar como un niño. ¡Ah qué amigo! Ya me estoy sintiendo con ganas de pedirle a usted prestado, contándole una historia como ésa que le han fabricado.

Me dieron ganas de pegarle. La burla me resultaba ofensiva y una airada molestia el quedar descubierto en reincidencia. Gonzalitos no se dio por enterado de mi enojo y continuó la cantilena, de mal gusto, allí ante las gentes que nos oían.

—No tire así su dinero, que cuesta trabajo ganarlo. ¿O no tiene usted obligaciones? Conozca las gentes, despabílese. No sea tonto, mi amigo, no se deje engañar así, que un día le van a quitar la camisa.

Todo dicho en un tonillo de mofa, confundiendo mis sentimientos, que hacía poco se habían enaltecido teniendo la forzada certeza de hacer un bien a un pobre hombre, quizás un perdido, pero dentro de su perdición con el buen deseo de ayudar a su madre.

Lo peor fue que Gonzalitos se lo contó a todos en la oficina, para hacer motivo de risas y bromas a mi costa, animando a alguno de los empleados a hacer la farsa de solicitar dinero, con los cuentos más exagerados, y que de ello empezaran a apodarme el "generoso". Pasé malos días, lleno de sorda irritación, enojado contra mí mismo, arrepentido de haber dado los cinco segundos pesos y con recuerdos de odio hacia el hombrecillo por cuya culpa quedaba yo de risible ingenuo y blanco directo de cuchufletas.

Casi estaba olvidando el incidente, aunque no por mí, que seguía rumiando mi ridículo, cuando otro día de tantos reapareció el hombrecillo, esta vez aparentemente aplastado bajo doloroso impacto. Tan real mostraba su duelo, que lo pregonaba lo mustio de su continente, totalmente laxo, incapaz siquiera de esa malicia que otras veces desprendían sus miradas y por el cansado olvido de sus manos, puestas en abandono, sin nada de esa energía con que las frotaba durante sus anteriores peticiones. Y por su cabeza caída, como peso muerto. Todo él abrumado, más pequeñito, indefenso. Así se paró ante mí, largo rato, sin decirme nada.

A pesar de mis reservas, me sentí impresionado. El recuerdo de las burlas se desvanecía ante la expresión de su derrota. Suavemente, como dominándose para no llorar, contó su drama:

—Se ha muerto, joven. Allí la tengo tendida... Solita. No tengo a nadie que me acompañe. No tengo para enterrarla. ¿Quiere venir conmigo?

Las palabras del hombrecillo no dejaban lugar a dudas de que decía la verdad. Miré a Gonzalitos, severo, que se había acercado a presenciar la escena. Yo tenía razón. Sus bromas habían sido injustificadas, reprobables. Con mi nueva superioridad, y allá dentro de mí cierta tranquilidad porque me sentía salvado de haber hecho el ridículo, le dediqué una mirada de venganza, al disponerme a seguir al hombrecillo.

—Yo voy también con usted, dijo Gonzalitos en respuesta, en plan de enmendar su error.

Nos fuimos los tres hasta el sitio en que vivía el del luto, un cuartucho escondido en misérrima barriada, allá en el último traspatio de inmunda vivienda. Toda una repelente, desconsoladora miseria cargada de moscas y malos olores. Sobre un petate, envuelto en sucia manta, el cadáver, velado por amarilla y modestísima cera. Un par de humildes mujeres enrebozadas, sin rostro —¿dolor, resignación, fatalismo en la sombra baja el embozado tápalo?—, de rodillas, rezándole a la difunta, al aire, al infinito, mostrando fuera de las faldas las plantas sucias, encallecidas, de unos pies de piel agrietada, patinada, eran el único murmullo de vida. Por un ventanillo sin vidrios se colaba el silencio del patio, que caía como brizna de tristeza. Y el ventanillo enmarcaba allá en el fondo a un chamaco desnudo, desnutrido, de ojos absortos, que se creería colocado allí para dejar pasar la vida impunemente.

El hombrecillo, en capitulación definitiva, ni siquiera había tenido ánimo de ponerle ruido a su dolor. Silencioso, nos había guiado hasta su drama. Y fue allí que, en derrumbe violento de músculos y nervios, hipando en sordina, emanándole por todos los poros su saturación alcohólica, lastimeramente, cuando más conmovidos, más tristes y miserables nos estábamos sintiendo Gonzalitos y yo, soltó su dolor:

—¿Y ahora qué voy a hacer? ¿Quién me dará para beber, si ya no podré pedir para sus medicinas?

Y había tanta desesperación en sus palabras, que parecía realmente llorar por haber perdido a su madre o a su propia vida.

SE SOLICITA UN HADA

Sí, YA tengo 34 años. Ya estoy donde la edad se equivoca para los demás. Para uno mismo. Ha fluido la sangre incansablemente en mis venas, yo he fluido a veces con cansancio en las venas de la vida. Muchas cosas se han quedado en el camino. Pero algunas otras ignoradas pueden aparecer. Ya hubo veces en que me sentí perdido, como si hubiera muerto. De lo poco que sé y de lo mucho que conozco, entiendo que el grano humano que se arroja en la tierra no tiene tiempo exacto para fructificar. Lo importante es que ningún hombre se pierda, que ninguna vida esté de más. El universo interior de cada uno de nosotros tiene reservas casi inagotables. El otro universo, el que está fuera, es portentoso. Se podrá acabar para mí, para ti, pero continuará existiendo para los demás. Y si uno ha sabido ser hombre, seguirá habitando en él, aun mucho después de que creamos que todo ha terminado. Pero yo ahora quiero hablar de mis deseos. Volveré los ojos hacia los que me envolvieron ayer, en ese tiempo en que lo más acariciado para mí era llegar a tener un hada. ¿Un hada?

Recordaré lo de hace trece años.

Sí, fui de los jóvenes que pudieron alcanzar los 21 años. Largas noches en cafés de chinos, en bohardillas, en el más aéreo sitio de la imaginación. Caminar por la madrugada y descubrir el mundo con un amigo. ¿Descubrirlo? No, imaginábamos la vida, los hombres, las ideas, los sentimientos.

Más amigos. El místico, el comunista, el que sólo sabía dar golpes, el que podía conquistar a las muchachas, el cínico, el poeta. Todos ellos eran muchachos que eran mi juventud y la de ellos mismos, como yo era la juventud de ellos. Todos solos con nuestra propia fiebre, arrancando revelaciones con el sueño y la sangre briosa de los 21 años. Ningún maestro. Amistades anchas, fraternas. Impaciencia por destruir, ansia de crear. Y eso: ideales. El impulso: transformar el mundo. El anhelo: hacer un gran país de México. El indio. López Velarde. La patria. La burguesía. El capitalismo, México. Dudas. Certezas. Un joven, dos jóvenes, mil jóvenes, una generación. ¿Y dentro? ¿Quién puede calcular el impacto cálido de la juventud? Uno lo quiere todo, sorber el aire, la vida, la fama, el amor, el heroísmo. Uno quiere ser grande, llegar lejos. Ser hombre. Tener una estatua en vida. Si nuestro padre nos hubiera interrogado, como cuando éramos niños, "¿Qué quieres ser en la vida?", con soberbia podríamos haber dicho: "Quiero ser un hombre más alto que tú, más alto que ningún hombre."

Pero, ¿y antes? Seis años antes...

Recordaré lo de hace diecinueve años.

Sí, cumplí 15 años. Estaba en pleno crecimiento, delgado, con la cara llena de granos y de pecas. Aislado en una dolorosa timidez. Leía furiosamente. No había besado a ninguna muchacha. Vivía en un sueño punzante, misterioso. En otro planeta. En casa discutían mi futuro. "Será mejor ponerlo a trabajar, que aprenda a ser hombre. En estos tiempos no sirve de nada una carrera: ahí están los hijos de Lucita."

Esa noche oré. Dudaba ya de Dios, pero quería

seguir creyendo en Él. Le elevé mi ruego, acostado boca arriba, traspasando el techo con mis ojos:

"Quiero caer en la tierra, Dios. Quiero que se me revele el misterio de la mujer. No quiero que la sangre me golpee. Que no me ruborice ante las muchachas. Que no me dañen sus sonrisas. Quiero pecar, Dios, sin remordimientos. Que llegue a la revelación sin miedo, sin angustia, sin arrepentimientos. Quiero saberlo, probarlo. ¿Por qué me han hecho creer que es pecado? Si lo deseo tanto, que sea bueno, que no me haga daño. Que el misterio se convierta en luz, en alegría. Que todo lo que fluye en mí, lo que me quita el sueño, el apetito, lo que no me deja estudiar, lo que espolea mis 15 años, halle su cauce. Que mi pensamiento no vaya más allá del hecho que ignoro. Que pueda tomarlo limpiamente. Que camine por la tierra, que pueda mirarlas a ellas, que pueda expresarles lo que les dice mi silencio, mi voz que no sabe hablarles. Que pueda tocarlas, sin vergüenza. Quiero la revelación. Quiero que se rasgue el secreto. Quiero caer en la tierra, Dios, en la tierra que es primavera, en la tierra de las muchachas, en la tierra donde crece la mujer de carne, la que yo ignoro, la que yo deseo, la que yo amo, con la que todas las noches sueña mi alma y mi instinto, mi sangre y mi carne. ¡Dámela, Dios!"

Pero ¿y antes? ¿Y siete años antes? Recordaré...

Tenía ya 8 años. Leía los cuentos de Calleja y era un mal alumno que sufría con la aritmética. Un día de invierno se acercó mi padre, grande, como un señor todopoderoso y bueno.

—¿Qué les vas a pedir a los Reyes Magos? —me preguntó.

Había pensado bien la respuesta.

—Quiero que me traigan un hada.

—¿Un hada?

—Sí, un hada con su varita mágica.

Mi padre me acarició la cabeza, sonriendo. Con voz persuasiva trató de orientarme:

—¿No preferirías mejor ese velocípedo que viste en *El Jonuco* y que te gustó tanto?

—No, papá; el hada me dará todo eso.

Mi padre se quedó serio.

—Bueno —me dijo, mientras descansaba su paternal mano sobre mi hombro—, creo que vas a poner en un aprieto a los Reyes Magos. No les será muy fácil complacerte, porque ellos no acostumbran traer hadas a los niños. En todo caso, te traerán cosas que tú has deseado tener.

—Sólo quiero el hada. Tengo ya un sitio donde guardarla. Y sé también todo lo que voy a pedirle cuando ella esté conmigo.

Una sonrisa curiosa asomó a los labios de mi padre. Acariciándome los rebeldes cabellos, quiso saber qué le pediría yo al hada. No tenía por qué ocultárselo. Él era como una casa grande donde yo podía vivir seguro y feliz. Una casa en la que yo podía hablar en voz alta. Se lo dije:

—Le pediré primero que me cuente cuentos todos los días; que pueda llegar tarde a la escuela los días sin sol; que se me aparezca mi ángel de la guarda y juege conmigo y con mis amigos a "la roña"; que no le tenga miedo a la oscuridad; que nunca me lleve un robachicos; que conozca yo a una princesa y que un día sea tan alto como tú.

Sí, ya tengo 34 años. Y tal vez todavía espere un hada.

TODOS SE HAN IDO A OTRO PLANETA

Hay minutos en que todo parece escaparse de las manos. El día ha sido como un cheque sin fondos. Hemos caminado de prisa y de pronto nos detiene una duda: ¿dónde vamos? Resulta que no lo sabemos. Una bruma desconsoladora nos envuelve. Creemos que los anuncios luminosos y las lámparas de los arbotantes no han sido bien encendidos. Suponemos que el mundo es demasiado grande y que no lo habita nadie. Algo así como si todos sus habitantes se hubieran ido a pasear a otro planeta. La soledad nos sobrecoge de improviso. Y con ella, el deseo punzante de hacer algo indefinible, desde tomar una taza de café hasta realizar una hazaña heroica. Y no es ni lo uno ni lo otro. Buscamos dentro de nosotros mismos, nos interrogamos: ¿qué será? No se atina con la respuesta. Contempla uno la vida y la compara a una botica, en la que hay de todo. Sin embargo, no tenemos la receta. No puede saberse la medicina. Es el vacío.

Esa noche, Epigmenio no tenía la receta. Era uno de esos días en que los pequeños y apurados planes que hace cualquiera para tener una meta inmediata a la que asirse, para salvarse del vacío, le habían fallado. La muchacha que pretendía enamorar había faltado a la cita. Por esperarla, se pasó la hora de ir al cine a ver una película del Indio Fernández. En el café, la tertulia de amigos se había disuelto. Así como las grandes calamidades se desatan simultáneamente, esas minúsculas que cercan a los hombres a determinada hora y hacen también su daño, se habían desatado contra Epigmenio. En ese momento, se sentía el único habitante sobre la tierra.

Esta sensación no es nada grata. Si se carece de imaginación o se la posee en exceso, lo más fácil es resbalar hacia una cantina. Epigmenio decidió entrar en la más cercana y tomar algo fuerte. Ante el bar, con un pie en el "estribo", Epigmenio se puso a pensar. ¿Había perdido algo? ¿Le faltaba algo? Cuando alguien se hace esas preguntas precisamente frente a la barra de una cantina, lo inevitable es, que pida otra copa. Y que se siga con una docena. Normalmente, a la duodécima, ese hombre se ha salvado inesperadamente no se sabe por qué milagros del alcohol. Se siente feliz en la tierra y la ve poblada otra vez por sus habitantes, sus esperanzas, sus alegrías. Hasta descubre desconocidos e interesantes seres. Charla con cualquier ser humano, le surge una ternura inusitada por el cantinero, todas las mujeres se convierten en fáciles amores. Así son a veces las penas humanas. Lo grave para Epigmenio fue que a la duodécima copa se sintió más solo. Y un hombre que se siente solo después de haber bebido doce copas y ya frente a la décimotercera, es todo un drama. Es que ese hombre está verdaderamente solo.

Posiblemente Epigmenio lo ignoraba. La soledad es una revelación, como la urticaria. Uno está muy bien. De repente, hay una comezón terrible en toda la piel. Es la urticaria que brotó por cualquier secreta alergia. Así la soledad. Uno ni siquiera la supone. Se vive, se es, a pesar de todo, más o menos feliz. Pero un minuto, un instante, porque faltó una chica a la cita, porque no se pudo ir al cine, porque no se encontró a ningún amigo en el café, y ¡ahí está la soledad! Y tan inútil como rascarse, cuando la urticaria, sin que se calme, así la soledad: la escarba uno creyendo que es pura imaginación y se exacerba. Ya será difícil que se ahuyente. Epigmenio comprendió: no se sentía solo, estaba solo.

La revelación, a pesar de la niebla del vino, fue dolorosa. Para escapar de su daño, Epigmenio intentó buscar compañía. Cerciorarse de que no estaba solo en el mundo. Creía que no tendría arriba de dos horas en la cantina. Pero las barras de las cantinas comprueban la teoría de la relatividad: cuando pudo descifrar el reloj, calculó que habían transcurrido cerca de tres horas. Era más de la medianoche. A esa hora, un hombre con trece copas que descubre su soledad y busca compañía, si es soltero, por lo general nada más tiene un sitio donde encontrarla: en un cabaret. Epigmenio salió de *La Mundial* y enfiló hacia el *Waikiki*.

Había estado allí hacía cuatro noches. Entonces no por sentirse solo, sino porque deseaba a una muchacha. Usted sabe: esas cosas inevitables que han creado muchachas que van a los cabarets para que las inviten los clientes. La muchacha que Epigmenio invitó esa pasada noche resultó ser muy agradable. Bastante bonita. Además, capaz de dar algo que no debe esperarse: un poco de ternura. Y mostró hacia Epigmenio una cálida simpatía. Y otras cosas que no hay que decir, porque resultarían indiscretas.

Epigmenio llegó al *Waikiki*. Allí, por si usted no lo sabe, hay muchas mesas y, alrededor de ellas, esperando a un anfitrión ideal, las muchachas. Las malas muchachas, como hay que nombrarlas para diferenciarlas de esas conocidas como las buenas muchachas. Las malas se ganan la vida bebiendo con quienes las invitan. Por cada copa que toman, la casa les da una "ficha". Cada "ficha" vale un peso cincuenta centavos. (Creo que ante la carestía de la vida, también las fichas están revalorizadas.) Cuanto más las invitan, más "fichas" obtienen. Consecuentemente, más dinero. A ellas les gusta, naturalmente, que quien las invite les convide muchos tragos. Por otro lado, pueden gustarle al cliente. El cliente las invita a ir a dormir. Si a la muchacha no le interesa más que el negocio, acepta ir por un rato. Si el cliente le gusta o se gana su simpatía, puede quedarse dormida hasta el otro día. Claro, si no hay un amigo que les lleve la cuenta. Todo esto es muy variable. Habría que hablar mucho sobre ello. Si alguna vez usted y yo podemos ir juntos a un lugar de ésos, allí, frente a una mesa, podremos platicar largamente del asunto.

Cuando Epigmenio entró en el cabaret, las cosas empeoraron. Aquello estaba poco concurrido. Nada más unas cuantas parejas perdidas entre tanta mesa. Las mesas están frente a la pista, donde se baila, todas con un albo mantel y cuatro sillas bien acomodadas. Epigmenio fue a sentarse precisamente en el centro. Solo. Apoyó el codo sobre la mesa y la cara sobre la mano, tratando de que sus miradas pudieran adivinar si lo que aparecía ante ellas era un objeto o una persona. Y si era persona, si tenía la forma de Sylvia. Sylvia, la muchacha que había aceptado su invitación hacía cuatro noches y se había dormido hasta el día siguiente. La recordó, concentrándose. La concentración se convirtió en algo intenso: tuvo la certeza de que, si ella estaba allí y aceptaba otra invitación, dejaría de sentirse solo. Con la presencia de Sylvia volvería el mundo a poblarse. Pero no podía concretarla entre las formas desdibujadas de esta o aquella muchacha cuyos contornos, líneas y perfil no llegaban a adquirir, ante sus ojos miopes por el alcohol, una identidad, un nombre, una esperanza.

El señor que atiende el cabaret y que dirige a los meseros como hábil estratego, amablemente se acercó a preguntarle qué deseaba. Es un señor muy diligente que va y que viene, incansable, arreglando que ningún mantel esté fuera de centro y que las sillas estén en su sitio. Debe haber supuesto que algo grave le ocurría a Epigmenio, porque le hizo la pregunta con cordial simpatía, como tratando de consolarlo. Epigmenio no acertó a decirle que quería una muchacha y que esa muchacha debería ser exactamente Sylvia. Y que si Sylvia no estaba, él daría cualquier cosa por encontrarla. Y que si no la encontraba, podría suceder una catástrofe: que no volviera la gente a la tierra. Y que entonces querría no una copa, sino una botella. Por eso, Epigmenio no pudo decir nada. El señor, con mucha experiencia, le aconsejó un jaibolito. Es más, aclaró que era una invitación suya.

La orquesta inició ruidosamente un danzón. Ese de "píntame de colores, para que me digan Supermán". Las pocas parejas que se hallaban en los gabinetes laterales —se nos olvidaba precisar que lateralmente, empotrados en la pared, hay esos gabinetes abiertos— principiaron el baile, deslizándose por la pista o desbocándose por ella. Según los temperamentos, claro. De pronto, como una vaporosa aparición, Epigmenio descubrió el rostro de Sylvia por sobre el hombro del caballero que la apretujaba. Sylvia también lo vio y respondió a su mirada con otra indefinible. Podría decir "por qué no has venido", "por qué no me avisaste que vendrías" o "me da igual que hayas venido".

Epigmenio se sintió perdido. Si Sylvia estaba con otro caballero, lo seguro es que no podría venir con él. Las pequeñas calamidades continuaban aglomerándose. Cuando cesó la música, vio cómo Sylvia era llevada por su compañero hasta un gabinete. Y cómo se sentaba muy cerquita de ella y casi la besaba al hablarle, tal vez repitiéndole las mismas palabras que el propio Epigmenio dejara caer la otra vez en los oídos de Sylvia. No había duda: la debía estar invitando a ir a dormir. Y esa invitación, no hecha por él, era toda una pena. Una pena honda. Una pena de ésas que en un descuido dan de qué hablar.

Epigmenio soslayó cómo Sylvia se levantaba. ¿Habría aceptado? Vio cómo llegaba hasta el mostrador, visible desde su mesa, donde les cambian las "fichas" a las muchachas. Mal síntoma: Sylvia había aceptado, se iba. Porque las muchachas cambian sus "fichas" al irse. Como algo le apretara dentro, lastimándole quién sabe qué víscera, Epigmenio dejó de ver a Sylvia. Clavó los ojos sobre la pista y se sintió el más desgraciado de los hombres. Esa desgracia implicaba la sensación de que Sylvia era mucho más bonita, con sus grandes ojos abiertos y su boca carnosa, con su blusa blanca muy escotada y sus cabellos sueltos. No pudo evitarlo: recordó cosas muy íntimas. Vamos, Epigmenio estuvo seguro de que daría cualquier cosa por tenerla a su lado, que haría cualquier cosa porque se fuera con él.

Hubo algo que lo detuvo. Sí, el tipo que estaba esperándola. El tipo que se iba a dormir con ella. Había un trato de por medio que no podía ya romperse. Sylvia estaba comprometida. Y él sabía que ese compromiso es como el aval de una letra de cambio. Quién sabe por qué, pero Epigmenio pensó: "La soledad es un desierto. Soy un cactus en ese desierto."

¿Y esto? Epigmenio sintió que una figura se acercaba hacia él. Muy extraño. ¿Sylvia? Sí, Sylvia venía hacia su mesa. ¿Qué podría ser? Bueno, no quedaba más que el disimulo, para evitar un error. Sylvia estaba ya junto a él. Sin decirle nada, se inclinó un poco y le dio un beso en la mejilla. Nada más. Ella se había ido. Estaba saliendo ya, con el tipo ése. Epigmenio sentía el beso, cálido, lleno de ternura, infalsificable. Decididamente, un beso con magia. El beso espontáneo de una mala muchacha llamada Sylvia. Un beso que había logrado de pronto que todas las gentes regresaran a la tierra del paseo por otro planeta. La tierra estaba poblada otra vez por millones de hombres, por animales, por casas. Por risas y lágrimas. Por todo eso que es la vida.

LAS RAÍCES IRRITADAS

Allí nadie pregunta nada. Nomás si acaso el patrón y muy lo necesario. Todo se sabe de oídas, en susurros, a medias palabras. No puede haber conversación. Pasa un viento cargado de temor y desparrama las cosas. O se quedan allí, como si a escondidas alguien tirara monedas que quién se anima a levantar. A veces ni a otros ojos ve uno, no vayan a comprometer. Las orejas revientan de secretos, de ásperos murmullos, como costras que se quisiera uno rascar. Por eso es bueno irse al monte, a cansar la indiscreción tras de un temazate guindao. O a solas beber, hasta que los ojos cierran sus dos pesadas puertas. Y atrás de esas puertas uno reposa, aunque sea un rato, porque luego se entrometen los sueños y despiertan difuntos que lo denuncian todo, a gritos. Me cuadraba que lloviera recio y tupido, porque el ruido ensordecía las ganas de hablar. El agua hablaba, pero sus palabras no eran malas. Era la lluvia una mansa cortina de tranquilidad.

Yo caí por Pochutla, sí señor, por causas que no son de contar. Causas de ésas que nos llevan muy lejos y nos obligan a lo que quiera usted. Sabía de números y el patrón me habilitó administrador de la finca cafetalera. Muy pronto fui al pueblo, con mi pantalón nuevo. No valdría arriba de treinticinco pesos, pero el patrón lo cobraba a cien en la tienda de raya. Era un día de fiesta, un ocho de diciembre y había mucha gente vistiendo lujo y colores. Yo estaba viendo a una muchacha que me dio de alazo.

Buscaba sus ojos y tanteaba lo macizo de sus piernas. Era una potranquita bien encarada, a la medida de mis gustos. Iba yo alborotándome, porque me vio casi no queriendo, de prisa, pero en esa prisa como que se había fijado en mí. En ésas andaba, muy absorbido, cuando sonaron balazos. Corría el tiempo de fríos, cuando matan más gente. Llegó alguien, y me dijo: "¿Sabe? Mataron a tres." Era bastante información y quedé silencio. Me quería figurar el estilo de allí, pero así sin preguntar. Ahora sabía más, y por saberlo, ya la muchacha se me había perdido.

Por la finca me guardaban mi lugar. Yo le entraba duro al trabajo y no soltaba sino pocas palabras. Los pistoleros del patrón me tenían respeto porque creían que debía yo quién sabe cuántas muertes. Ellos habrían de suponer que andaba de huida y que era hombre de temer. Querían enterarse si mi cuenta de muertos era más grande que la de ellos. Se morían de curiosidad por averiguarlo. Trataban de hacerme confianza y uno preguntaba: "¿A cuántos te has echado?" Ansiaban que yo me confesara para sacar hilo: "Anda, aquí entre hombres, ¿cuántas rayas te has apuntado?" Yo nomás me ponía serio, como que mis secretos eran para mí y ellos harían cálculos viéndolos de mucho tamaño. Yo sí sabía que a ése le cargaban su buena docena de muertes y que aquel podría tener su cementerio. Y por igual contabilidad los demás. Y mi discreción valía para imponerles respeto.

Yo vi al hijo del patrón forzar a una muchacha. Fue delante de estos ojos que se han de comer los gusanos y como si yo no supiera ver. La jaloneó de las trenzas y la golpeó con su escuadra, sin nada de miramiento. Fue cerca del pozo, donde el aire tronchó un árbol. La muchacha se defendió lo que pudo, pero pudo más la maña del hijo del patrón. Bien que le rasgó las faldas y le tironeó los calzones. Hasta que ya desmayada le abrió las piernas y le robó su virginidad. Y yo me puse a pensar en la muchacha de Cuquila, con mucha muina y también mis malas ideas. Me estaban dando apuros de tener a la muchacha del pueblo, pero a las buenas. Y mi coraje era pensar que el hijo del patrón hubiera hecho lo mismo con ella. Yo no hubiera imaginado tanta desconsideración. Me caía otro secreto que traía su lumbre. Pero si al padre de la muchacha lo mataron cuando fue a reclamar, ¿quién carajos daría constancia?

Me fui a la casa del poquitero, a que firmara el papel. El patrón me había dicho: "Te daré doscientos pesos al mes y te descontaré cincuenta por la comida. No necesitas más. Ponte a trabajar." Y me puse a trabajar. Y ése fue uno de mis primeros trabajos. Llevarle al tal Asunción un dinero que le prestaba el patrón para sus siembras. El papel decía que el tal Asunción tendría que pagar con treinta quintales de café. Había que remontar la sierra, cerca de donde había unas minas. Unas minas, de titanio que luego llevaban al puerto, a unos barcos gringos. Yo había leído en una revista que esas minas eran las que tenían más titanio en el mundo.

Me prestaron dos muchachos, porque no conocía el camino. Y ai nos fuimos al clarear una mañanita que coleaba a un frío retrasado, rasgando una espesa neblina y echando vaho por la boca. La vereda se escondía entre brumas y la seguíamos como si fuera un hilo enredado. Vino el sol a despejar la sierra y a desentumir el cuerpo con retozo. Un suave calorcito va entonando el frío y quién sabe por qué se antoja tirar un grito para oír rebotar allá su eco. O sacar la pistola y pellizcarle el tronco a cualquier árbol esmirriado. Y uno se va poniendo contento consigo mismo. Se siente crecer lo hombre en tan sabrosa libertad.

Bajamos una larga pendiente que se despeñaba a las vueltas y de pronto recalamos en la casa del poquitero. Había muchos árboles frutales y olía a tierra húmeda. Los pulmones podían respirar a sus anchas en tan buen aire. La casa era pequeña con su techo de palma y el tal Asunción estaba en la puerta, esperándonos, entre sus perros y muy bien puesto con sus maneras de una sola pieza. Yo entendía que era buena gente y trabajador. Pero los que aun tenían tierras, trabajaban de prestado con el patrón. Me recibió con cortesía y ordenó traer agua y toronjil. Yo quería agua y los muchachos su trago.

Quien salió con el agua y el toronjil fue la muchacha que yo había visto en Cuquila, con sus mismas piernas macizas, con sus ojos que me vieron entre sí y que no, y unos labios para inquietar cualquier sosiego. Yo bebí el agua con muchas ansias. Era un agua limpia, como el cielo y la muchacha. Era un agua así de buena como un amor que empieza. Yo me había sorbido no nada más el agua, sino el fulgor de esos ojos y un nombre para sembrarlo en la memoria. El nombre de ella, porque se llamaba Gertrudis.

Gertrudis era hija del poquitero, porque así la trató él y con cariño muy particular. Con reposo, como dueño de su lugar, luego la bienvenida nos dio.

—Gusto en conocerlo. ¿Qué tal le fue de camino?
—La pasamos bien.
—Nos harán el favor de comer algo.
—Lo vamos a molestar.
—Están en su casa de ustedes.

—Favor que usted nos hace.

—Perdonarán lo pobre. Pero aunque sea unos frijolitos.

El poquitero nos abrió su casa. Prepararon la mesa, en el corredor. El olor de la cocina nos llegaba al estómago y agrandaba el apetito. Salían y entraban las mujeres, pero no Gertrudis.

—¿Está bien el patrón?

—Está. Por aquí le manda este dinero y que usted firme el papel.

—Como que es poco el dinero y mucho los treinta quintales.

—Que así se arreglaron.

—El café ha subido y lo pagan mejor. ¿Qué nos va quedando a nosotros?

—Así me dieron las órdenes.

—No lo voy a hacer quedar mal. Mi palabra es mi palabra. Ora nos toca aceptar. Es la necesidad.

Sobre la puerta de la cocina fijé mi distracción. Por allí andaría Gertrudis. Y yo tenía apremio de que se dejara ver. Me quedaba una sed de volver a sorber sus miradas. Me estaba haciendo falta que me repitiera la prisa de sus ojos. Sabe usted, yo era hombre solo. Y desde hacía rato yo consideraba que me habría de sentir muy cabal si pudiera enamorarla. Podría vivir mis noches para aluzarlas con ese su nombre que me sabía a elote tierno. Serían unas noches para dejar los ojos abiertos entre yerbas olorosas y yo le estaría diciendo a la muchacha palabras que no queda más que decir en voz baja.

La puerta, al fin, se iluminó. Con todo y disimulo, porque el poquitero no era hombre para jugar, mis ojos se fueron con la muchacha. Ella entró muy recatada, la vista no compartió. Los muchachos y yo diz que veíamos los platos, pero las miradas eran linternas que querían curiosear a Gertrudis. Y yo quería curiosearle más que nada los ojos. Esos mismos ojos de la tarde de Cuquila en que mataron a tres. Porque algo mortificaba mis sentimientos si no me confiaban otra vez un poco de su prisa. Una poca de esa vergüenza con que alzaba los platos, acercando unos brazos velluditos. Sin dar la vista, como si no hubiera más que platos que recoger. Y ella fue dejando su olor de mujer acabada de bañar, para que el cuarto se repletara de frutas. Fue cuando ya al volver a la cocina, su mirada me dedicó. Nomás un momento. Un momento que tarda un pájaro en cruzar. Pero como hombre que soy, me daban mi correspondencia.

Bajé la sierra y yo era una matraca que quería girar alegre ruido. El sol caía como si lloviera su luz. Allá abajo, el río que llevaba su agua, cantaba mi propia canción. Yo iba encandilado por la mirada de Gertrudis. Como si la mirada estuviera allí, cubriendo los árboles, el río, el cielo, las flores silvestres. Y pensar en ella como que me provocaba sabrosos calosfríos. Y pensar que podría tenerla, era de pronto una alucinación, esperanza difícil que no podría ser. Y suponiendo que sí, pues me acababa de mirar, diciéndome cosas, palabras que los ojos saben expresar, me zumbaba un contento de abejas que hallaron su miel. Una satisfacción muy grande para poderla explicar.

Volví a la finca, a la vida del "mande usted". A vivir de cerca la ley del patrón. ¡Qué cosas no vi! Pero el patrón nos ponía su distancia. Era una obligación que había que acatar. Él podía disponer lo que fuera su voluntad. Tanto muerto como él mandó matar hacían imposible decirle "ya no se desmande" o "téngase la mano". Él tenía el derecho de todo, con buenas o malas razones. Y sus razones eran siempre malas para abarcar y hacer suyo lo que era de otros. Allí estaban sus muchachos, sus pistoleros, para aquietar a quien tuviera dudas, para desaparecer a quien estorbara. Sabe usted, se vive así como que todo está hecho para que uno reciba humillaciones y tenga que doblar la cabeza. Los pocos que se van atreviendo, nada más los quitan de en medio y no le quedan arrestos a nadie ni de decir "no sea usted así, tóquese el corazón". El patrón es la justicia, es el juez, es la autoridad, es todo. Como que nos echaron al mundo para ser sus esclavos. Si se queja usted con la autoridad, la autoridad está con el patrón. Si va usted con las fuerzas militares, están con el patrón. Si va usted a la iglesia, el cura está con el patrón o nomás le pide resignación. Se agacha la cabeza y como que entre todos lo van dejando a uno capado. Uno ve las injusticias y se van quedando olvidadas, pues quién va a abrir la boca. De nada vale traer pantalones ni diz que ser muy alebrestado. Ante el patrón, uno no es el dueño ni de sus propios tompiates.

Se vino el tiempo de recoger el café y ponerlo a secar. Yo me había ingeniado en mandarle una carta a Gertrudis, una carta comedida para comunicarle lo mucho que de ella estaban pendientes mis pensamientos. Y me contestó mi recado, que en el pueblo nos habríamos de ver un día que ya me avisaría. Yo hacía cuenta de los días y las noches. Algunos atardeceres, cuando eran fuertes mis ansias y muy exigentes mis sueños, remontaba la sierra por el rumbo al que me jalaban mis prisas. Ella habría de enterarse de que yo mismo era ese hombre que una y otra vez recalaba por aquellos parajes. Preguntaría el poquitero a sus hombres: "Por ai divisé un hombre a caballo, ¿quién podría ser?" Sus hombres contestarían: "Podrá ser el administrador." El poquitero preguntaría: "¿Qué camino llevará?" Sus hombres contestarían: "Tal vez irá a Cuquila. O andará de linterneada. Pero bien que le agarró el modo al camino de por acá." El poquitero no preguntaría más, porque yo no faltaba a ningún respeto. Y Gertrudis sabría...

Estábamos ya preparando el café para llevarlo al asoleadero. Con sacos de café pagaban los poquiteros los préstamos del patrón. Y el patrón me mandó llamar y unas instrucciones me dio.

—Vete a ver al poquitero Asunción. Le dices que bajó el precio del café y que cincuenta quintales me tiene que dar, por los treinta que quedó. Te llevas a cuatro de los muchachos, ya sabes a quiénes. Ellos sabrán cómo manejarse si ese tal se pone tonto. Estás aquí luego con esos cincuenta quintales. No me va a gustar que falte uno menos.

Salí al patio a tomar providencias. Hacía mucho calor y yo me quería sacudir una molestia. Una muina muy jija se me estaba encabritando y me salía la voz en busca de bronca. Hubiera querido echar un chorro de malas palabras o tal vez las estaba diciendo. Iba yo a cumplir las órdenes del patrón y ni para qué discutir. Un mocito de otras tierras se me acercó misterioso y una razón me entregó.

—Que dice la señorita Gertrudis que va a ver si va por Cuquila.

El mundo se llenó de silencio y yo oí repiquetear mi corazón nombrando el nombre de ese de Cuquila. Uno de los perros se llegó a hacerme fiestas y yo me quedé inmóvil, clavado en la tierra de mis pensamientos. Me envolvió un aire que llevaba palabras y murmullos en un nombre de mujer y como que yo me iba con él. Y pensé que me iría, pero me despertó la ley del patrón. Mis pensamientos y el viento se habían ido y allí no quedaban más que las órdenes que debería cumplir. Gertrudis y Cuquila quedaron lejos y no había más que ir a traer los cincuenta quintales de café. Le di una patada al perro y lo vi correr gimiendo. A ese perro que me comía a fiestas. Di las órdenes, como si mis palabras fueran latigazos. Ninguno me parpadeó que mi enojo no era para enfrentarse a él.

Trepamos la vereda y yo no veía sino lo negro de mi violencia. Hasta llegar a la casa del poquitero, con las mulas, los peones y los pistoleros. Allí estaba, en la puerta, bien asentado, con todo su cuerpo como lleno de respeto, muy en su sitio de hombre, muy en confianza con todo lo que le rodeaba. Sus brazos fibrudos le colgaban fuera de la camisa arremangada y nomás se encogieron un poco al vernos llegar con tanto apresto. Pero nos vio sin darse por entendido de que íbamos a lo que íbamos, como si pasáramos a saludarlo, aunque él debería ir maliciando que a nada bueno me acompañaban tantos pistoleros del patrón. Y así habló con su voz tranquila:

—¿A qué debemos la visita? Habrá que matar una gallina.

No había sorna en sus palabras. Eran dichas con buena disposición. Ya lo habíamos rodeado sin bajarnos de nuestras cabalgaduras y los muchachos lo provocaban con turbias miradas, dispuestos a mortificarlo.

—Usted perdonará, pero el patrón nos manda por los cincuenta quintales que le sale usted debiendo.

—Habrá un error. El papel con sus letras dice que serán treinta.

La voz del poquitero era firme y nada alterada. Me temía que si perdía su calma, sería señal para que estallara la ley del patrón. Para que salieran las pistolas a regar su luto.

—El patrón dice que perdone usted, pero que bajó el precio del café y se tiene que emparejar.

—Bien se emparejará. Mi café es pergamino y me lo va tomando a 75 pesos y da la casualidad que a 600 lo pagan en el puerto.

Era pasado el mediodía y el calor hervía la tierra. Chorriábamos sudor y la impaciencia se encabritaba a mal querer. En esa lumbre podía reventar lo jijo de los pistoleros. El poquitero, cercado, nos caló como quien mide la tierra cuando va a sembrar.

—Pues mire nomás, no lo paso a creer.

—Mejor le valdría no discutir. Cincuenta quintales dijo el patrón.

—¿De qué valdrán los papeles? ¿Para un carajo?

La voz del poquitero estuvo a punto de arder a malas palabras. Sus ojos dejaron ver que por su cuerpo le iba corriendo un coraje muy fuerte que él quería contener. Le puso freno al carajo, con rápida duda entre aventarnos su enojo o tener que comerse su muina. Y se quedó así serio, pensando lo que sería conveniente: doblar la cabeza o aceptar la trifulca.

—Entre usted en razón. Será mejor que nos entregue el café.

Sus hombres, silenciosos y hoscos, esperaban hacia dónde moverse, según la decisión fuera un no o un sí. Y no cabía más espera en tan largo tiempo. Si una palabra no traía la resignación, ya estaría desbocada la violencia.

Muchos esfuerzos debió costarle y muchos pantalones volver a su voz reposada. Olvidándose de nosotros, como bajado de su coraje, el poquitero vio con cariño a los suyos y disimulando que lo obligaban, simplemente les dijo:

—Pongan los cincuenta quintales. Ya nos habrá de tocar la ganancia.

Sus hombres, aliviados de la preocupación, corrieron a acarrear el café y bien rebasado se pusieron a llenar cada saco, mientras Asunción Popoca se llevaba la humillación a su casa. Los muchachos apuraban a los peones con frases de alevosa intención. Yo veía caer el café y no sabía si estar satisfecho porque las órdenes se cumplían sin llegar a mayores o violentarme porque no podía escapar a Cuquila, donde me habrían de estar esperando.

Así tomamos camino a la finca y yo pensaba que no era legal la afrenta contra el poquitero. Mas ninguna otra cosa mejor hubiera podido yo hacer. Y sintiéndome preso de esa ley que dominaba la sierra, como potro encerrado en un corral, iba yo considerando que la vida así vivida era una iniquidad. Y se me revelaba la hombría, pero yo la tenía que amansar inteligiendo que cualquier resistencia traería la muerte y que no quedaba más que aguantar un destino tan desarreglado.

En ésas se me acercó Cipriano Gallegos, el *Colorín*. Era un pistolero ladino y entrador. Tenía mal de pinto y le gustaban faenas en las que la comisión era sumar difuntos. Arreó su cabalgadura hasta alcanzar a la mía.

—Se le doblaron las corvas al tal Asunción, lo que no le va a parecer al patrón. Yo entendí que habría que dejarlo listo para un entierro.

—No veo la necesidad, si nos entregó el café.

—¡Ah, que usted! No se acaba de familiarizar con

el estilo del patrón. ¿No ve que Asunción tiene muy buenas tierras para otro cafetal? Y yo le he vislumbrado al patrón que le gustaría también ser el dueño de por acá. Ahora a ver si no lo intenta por el lado de la muchacha, la Gertrudis ésa, para la que yo sé que tiene sus planes.

—¿La muchacha?

Pero ya esa muchacha había tomado forma y sentí que el *Colorin* me había tocado la llaga. Se me fueron nublando los ojos con la ansiedad de calcular un peligro muy grande para Gertrudis. Columbré que de allá de la finca podría correr un viento de malos augurios para esa esperanza que alimentaba noches y días.

No pude pensar más porque de allá entre las ramas donde iba a dar vuelta la vereda, la retrocarga estalló alborotando la muerte entre nosotros. Yo me apié de un brinco y me eché en tierra, contestando la balacera defendido por el caballo de el *Colorin*, ya luego bien tieso sobre su caída montura. Yo no estaba queriendo más que defenderme y tiros y tiros se cruzaban, pues ya los nuestros le daban vuelo a las descargas cerradas. La mulada se había espantado y no pudiendo salirse de la vereda, de apretada que nacía la ramazón, se fue hacia donde disparaban. Y las mulas caídas o las que podían seguir adelante, resultaban una defensa.

Quién sabe cuánto tiempo pasó y cuántos balazos sonaron, pero luego de allá donde nos habían querido venadear, como que se les acabó el parque y empezó a hacerse un sofocante silencio. Yo me arrastré a un lado, a cubrirme con las ramas. Me fui enderezando, dando pasos atrás, pistola en mano, sin disparar para no llamar la atención. Me topé con dos de los muchachos y algunos peones y me enseñaron a otros dos de los pistoleros que habían sido clareados.

Dimos un gran rodeo metiéndonos entre los árboles para bajar al sitio donde había sonado la retrocarga. No había ya nadie. De seguro sus hombres, al verlo muerto, se habían desparramado, porque allí descubrimos al poquitero tendido con un florón en la frente, de la que le escurrían unos hilillos de sangre. Todo era sosiego y no se movía más que el reflejo de esa sangre, por la que se escapaba ese respeto que en vida rodeaba al poquitero. Todo él tumbado en posición forzada, como árbol mal tronchado que no hubiera querido caer. Y yo viéndolo oía el carajo aquel que se había tenido que tragar. Y ese carajo se me acumulaba en mí. Y yo no me sentía capaz de poder guardarlo.

Enterramos a los muertos y perdimos mucho tiempo en agrupar a los animales que pudimos. A tres de los muchachos allí los dejamos, sepultados, con sus cruces, para que pudieran venir a llorarlos sus mujeres. Y volvimos a seguir bajando el monte, con mucho cuidado, por si todavía nos esperaba otra retrocarga. Nada ocurrió y llegamos a la finca, bien entrada la tarde.

Llegué con el patrón, pues no me quedaba otra. La sierra hubiera sido chica para irme así como así. Y ahí estaba él y yo lo vi con otros ojos, con los ojos de esa palabra que traía en la punta de la lengua. Y él se dedicó a ver la mulada dejando a sus ojos la codicia de abarcar si traía los cincuenta quintales y luego que no los completó, me preguntó con voz altanera:

—Me vas diciendo qué pasó.

Y yo hubiera querido decirle todas las cosas malas

que por su culpa iban pasando y más que nada que me estarían esperando en Cuquila, pero yo todavía no pude olvidarme que él era el patrón y que tenía que estar sometido a su respeto y así nomás respondí:

—Sabe, nos sorprendieron con la retrocarga y ya no vienen tres de los muchachos, los mismos que usted mandó a que me acompañaran.

Él se quedó echándome sus ojos a plena luz, como si en ellos lanzara su ley. Traía una vara en la mano y luego que me vio volvió a fisgonear la mulada y los sacos de café y todos nos quedamos viendo la vara que apretaba por si con ella fuera a hacer alguna justicia. Y así como si no hubiera sucedido nada, acabó de hablar:

—¿Los enterraron bien?

Y yo se lo iba a decir, pero él no me hizo aprecio y golpeándose la pierna con la vara, se dio media vuelta ordenándome con un tono para ofender:

—Ven acá a mi despacho, que vamos a hablar.

Y sus palabras me pegaron como un dolor. Allí me di cuenta de que lo mejor de mi vida era como un mal sueño aprisionado entre cosas que si no rompía me dejarían castrado. Y me creció una muina que se me quería salir por las manos, porque ya no tenía cómo quedarme con ella y me fui llenando de la cólera de viejas palabras amontonadas sobre lo que yo era. Viejas palabras que me daban mi propia estatura y mucha fuerza en mi cabeza para echarlas todas fuera sin que nadie me las pudiera hacer callar.

Yo me fui tras el patrón y luego lo que debe haber ocurrido no esclarezco si fue sueño o realidad. Ya ni siquiera sé cómo aquello empezó. Porque quizás principié por decirle: "Vea usted, ahora me ha de dispensar, pero me quiero ir de aquí." Y tal vez él me contestó: "Mejor te quedas. ¿Quién carajos te crees que eres para dejarme tirado el trabajo?" Y con ese insulto él debe haber agregado otras muchas ofensas que no eran de soportar. Y yo debí recordar al poquitero, y a Gertrudis y el mal pensamiento de que la fueran a violar. Y todo eso y mucho más que no recuerdo me recalentó mi muina y me hizo dueño de mi propia hombría. Y se me salieron las palabras que yo siempre había querido arrojar:

—De carajos a carajos también se los voy a decir y ya va siendo hora de que vaya usted a tiznar a su madre...

Y le vacié la pistola y cada tiro era como descargar todo lo que me hacía daño. Fue de allí que me agarraron y me trajeron a Oaxaca. El juez me amontonó muchas culpas y los periódicos dijeron que yo era un matón que debía muchas muertes y todo lo que habían hecho los pistoleros del patrón. Y yo estaba seguro de no haber matado a nadie más que a él. Pero me han criminado, como si él todavía viviera. Porque yo lo maté a él, pero no a su ley. Y esa ley sigue viviendo. A mí me han pasado a amolar con todo eso puesto de acuerdo para fregarnos si levantamos cabeza. Tal vez por Pochutla sigue soplando ese viento cargado de temor que desparrama las cosas. Tal vez. ¿Pero no cree usted que un día a los demás se les va a llenar el cuerpo de un enchilamiento muy grande y acabarán por mandar a la tiznada a todo eso que no les permite ser hombres?

UN HOMBRE CAMINA

¿Qué va a ocurrir si muero mañana? Aunque no tengo derecho a preguntarlo, porque no estoy preparado para ello —un deber del hombre es prepararse a no morir—, quiero suponer lo que va a dejar en la vida el hueco de mi propia vida. ¿Habrá grabado mi cerebro fuera de sí una idea que tenga sangre y alma para latir por sí misma? ¿Habré podido forjar el recuerdo que me persista?

Pero para pensar en la muerte hay que saber que se está vivo. ¿Estoy vivo? Mi sangre fluye, mis ojos ven, mis oídos oyen y mi cerebro piensa. Aliento deseos. Sufro temores. ¡Tengo ansias de caminar! ¿Qué ha nacido en mí? Unos tienen varias muertes y nacen varias veces. Otros desdichados están siempre muertos. Otros más desgraciados nunca nacieron. Por ellos habrá otros hombres que vivirán siempre y otros que se quedarán muertos en la vida y en la muerte.

Yo acabo de nacer de una larga, profunda, dolorosa y bella muerte. No diré de ella, porque tiene nombre de mujer. Y porque los escombros deben cubrirse. Soy otra vez nuevo en la vida. Y en esta tarde invernal, en que el aire y la luz son una profusión translúcida, me pasmo alegremente de que las muchachas que iluminan la edad de los hombres, la calle y mi sangre, sean tan bellas como deben serlo.

Mi edad perfeccionada camina por la urbe, tranquilamente, porque sé que la vejez del universo, de la ciencia y de la vida no me estorban ni me pesan en este bello instante en que me basta ser nuevo, otra vez joven con mi propia juventud perdida, de vuelta de la larga, profunda, dolorosa y bella muerte.

Estoy fundido en el ansia de respirar y de vivir y de caminar y de ver la gente y palpar que es la misma la bondad que irradia el universo y que acoge mi alma, que es la misma bondad que irradia mi alma y acoge el universo. Soy un hombre que camina y puede penetrar en el escondido, alegre, animoso, riente y feliz corazón humano cuando todo es nuevo y empieza.

Me gustan los edificios como barcos anclados a salvo de temporales, envueltos por este dorado invierno. Y me gusta que se alcen, piso sobre piso, en un heroico impulso de tender hacia arriba, de perforar la soledad y unir a los hombres en el mismo sitio, con la mano del albañil, con la mano del arquitecto, con todas las manos que pusieron piedra sobre piedra, hierro sobre hierro.

Me gustan las muchachas que pasan, también esbeltas y que crecen dentro de mí y de todos los demás hombres. Y puedo verlas limpiamente y amarlas y gozar su música y comprender el amor que las rodea y las hace sonreír, en un coro confundido con la belleza de esta tarde que lleva luz al más negro escondrijo. Y siento orgullo de los hombres que van con ellas o que pasan junto a ellas y puedo mirarlas a través de sus ojos y comprender lo humano y ensordecedor del más apremiante instinto, del más torturado deseo y de todo ese pródigo deseo por tocarlas y apresarlas para que no se desvanezcan en el pasado o en el futuro.

Siento emoción y valor de ser hombre, porque

vivo la breve inmortalidad de este minuto eterno, porque he sido capaz de estar en él y pertenecer a él sobre todas las miserias, todas las debilidades y todas las cobardías de haber muerto en el nombre de una mujer o en el mío propio. Y porque me restituyo a la vida sin otra búsqueda que la de vivir, sin ir y venir, sólo estar aquí y caminar.

Y puedo caminar deteniéndome ante todo lo que es la ciudad y sus seres. Ante todo esto que han construido los hombres y que es tan mío, que no necesito comprar nada. Puedo sentirlo y saber que pertenezco a este soberbio espectáculo, sin que me invalide que allí tras los escaparates las cosas tengan precio en visibles etiquetas, ni que haya sonrisas femeninas que se vendan ni que casi todos los hombres crean que esto es una simple y difícil cuestión de dinero.

Yo puedo sonreír ahora de esas etiquetas. Aquí en la esplendorosa avenida siento tras un escaparate el calor de una alcoba y veo al hombre que la contempla y piensa en una mujer y prolonga su sueño hacia ese mecanizado hogar moderno con muebles, alfombras, refrigerador, lámparas, licuadoras, radio, lavadora y que cuesta un dinero por el que tal vez su vida sea breve.

Y puedo ver lo que es el supersueño —joyas, pieles, perfumes, batas de seda, anillos, cuadros, automóviles— calculado por hombres que hablan el idioma del precio y que no conciben la vida gratuita de esta tarde que los envuelve sin que sepan sentirla.

Allí está la multitud de objetos que parecen el destino de todas las vidas y que fueron construidos en maravillosas fábricas proyectadas por inventores, planeadas por ingenieros y montadas por obreros, hombres todos ellos que han puesto sus manos para construir el siglo xx, del que se sienten dueños los hombres del precio, los que quieren convertirnos en el hombre-compra.

Pero nada de ello me daña ahora. He vuelto a nacer y sé que la vida es de todos y que todos debemos vivirla y que nada debemos acumular más que alegría. Que sólo debemos acumular instantes como el de esta tarde invernal, y el impulso de caminar, sin otra búsqueda que la de vivir.

Que la verdad es la de este minuto en que camino, con mi edad, con mis manos como las manos de millones de hombres y que me fueron dadas también para que construya una parte de todo esto y para que estreche las manos de los demás hombres y para que acaricie a una mujer y ayude a un niño a saber caminar. La verdad es ésta, que yo siento, porque mi cerebro me pertenece para comprender qué maravilloso y qué bello es que todo esto exista y lo haya podido hacer la mano del hombre.

Y que mis ojos hayan podido retener inolvidables imágenes, la gente que camina por la calle una tarde de lluvia, un avión que hace trepidar el espacio, el globo cautivo de colores, la ciudad cuando amanece, una barca que se desliza en el mar, los quince años de una muchacha, los versos de López Velarde, una madre que le da el pecho al hijo, la inocencia de un niño, la mímica de Charles Chaplin, una mujer que se baña en el río, el escenario cuando empieza la función, la bondad que ilumina unos ojos.

La verdad es este sentimiento, bajo esta tarde, que hace latir mi corazón alegremente dentro de mi edad, de mi vida y me revela que soy otro hombre de la sinfonía humana.

Y porque esto continuará viviendo fuera de mí, las muchachas, la música, los hombres, otras tardes y otros minutos como éste en el corazón de otros hombres, aquí en México o en cualquier ciudad del mundo. Y yo lo he visto y me ha sido dado sentir, bajo el cielo transparente, aquí en una calle de la ciudad, que todo lo que erigieron y erigen los hombres y erigí yo, fue mío, una vez, un minuto y no había ninguna etiqueta, ningún precio para el hombre de la larga, profunda, dolorosa y bella muerte.

EL GIRAR ABSURDO

Lo RECONOCÍ de una mirada casual. Bajo el raído traje, manchado de grasa, identifiqué su figura ahora encorvada. Sobre los sucios, viejos y desahuciados zapatos, se asentaba el mismo cuerpo, fornido, macizo ayer. Vi su rostro: tras la barba crecida podía adivinarse fácilmente la expresión cordial, hoy opaca, de ese hombre a quien cinco años antes sonreían la vida y la fortuna. Nada más que los que yo conociera como acerados ojos, los ojos de Camilo Berber, el hombre mundano, dueño de sí, con quien trabara amistad en el bullicio de inolvidables noches —¡ay, ya lejanas!—, eran ahora unos ojos ajados, que escondían su intenso mirar perdido entre la pátina de penetrantes, profundas ojeras. Cuando le tendí la mano, su mustia sonrisa me hizo comprender, a quemarropa, todo lo ocurrido.

Nos habíamos conocido cinco años antes. Por entonces Camilo era dueño de una magnífica posición, labrada a golpes de audacia. Recién casado, dueño de una hermosa residencia en la que gustaba reunir a sus amigos, su personalidad y su conversación me hicieron grata su amistad, más grata por su entusiasta admiración hacia México. Había resbalado, quizás por encontrarle una válvula de escape a su temperamento ansioso de emociones, en el vicio del juego. Una visita al casino habanero, le había permitido sentir, en una noche feliz, toda la fascinación de arriesgar a la suerte. Y jugador en la vida, al amor y al éxito, el impecable azar de la ruleta lo sedujo rápidamente.

El regreso a mi patria; un viaje después, a Europa, en misión diplomática; preocupaciones familiares, qué sé yo, cortaron todo contacto entre ambos. Y cinco años más tarde, de vuelta a La Habana, al salir del hotel, me lo encuentro inopinadamente transformado por esa rigurosa escultora que es la vida, en un hombre cuyos trazos más visibles aclaran para mí su nuevo molde: la ruina por el juego.

Él se franquea y me lo explica en pocas palabras: la historia del jugador caído en desgracia. La suerte que se vuelve huraña, mientras el deseo de jugar se acrecienta. El no atinar y el perderlo todo, al fin, hasta la dignidad. Esto que se empeña; aquello que se vende, para deslizarse por una resbaladilla que conduce, pasando por la penuria y la pobreza, a la inclemente miseria. Enfrentarse, atrofiada la voluntad, aplastado el carácter, a una vida inesperada, insolente, que cobra con réditos de usurero lo que antes prodigó. Y, mientras, los hijos crecen, la esposa se enferma, el hambre, la ruina.

Cuando le he dado todos los dólares de mi cartera —no más de cincuenta—, se aleja despaciosamente, pensativo, haciéndome saber que comprende, mejor que yo, cómo somos ya personas de mundos distintos.

Al recibir el dinero, pensó de inmediato en esas medicinas que exigían las várices de su esposa, en la desnutrición de sus dos pequeños hijos. Desde hacía mucho sus manos no abarcaban otra vez tanto dinero. Y, sin embargo, ¡qué poco! No teniéndolo, parecía suficiente; ahora, al calcular lo indispensable, se empequeñecía: acabaría yéndose tan rápidamente como le había llegado, para quedar de nuevo en la misma situación desesperada.

Sin darse cuenta de qué proceso interior lo empujó, decidió arriesgarse. Pero esa decisión, estaba seguro, no era un impulso de sorprender al azar buscando la excitación de la apuesta. No era el vicio obcecado de volver a sentir la emoción de ver girar la ruleta. ¡No! Era, la que lo empujaba, otra razón ajena al demonio del juego. No el apremio del jugador, sino la desesperación de la miseria: exponer fría y calculadoramente cincuenta dólares, bien pocos para sortear la ruina, intentando el golpe acertado que le resolviera a fondo sus problemas.

Su conciencia quedó tranquila. Podía, debía jugar. Tal vez ganase...

Cuando estuvo frente a la ruleta no sintió ninguna emoción particular. No latía su corazón más aprisa ante el febril deseo de que la bolita se detuviera justamente en el número por él escogido. Si sentía alguna reacción desacostumbrada, era la satisfacción de holgar su cuerpo dentro del traje alquilado, que le sentaba tan bien. Por poder mover los pies con comodidad dentro de esos zapatos casi nuevos, y por la frescura de su cara recién afeitada y olorosa. Lo demás, las luces ahora tan brillantes, el salón esta vez tan amplio, los jugadores hoy tan numerosos, no eran la causa.

Sosegadamente, sin temblor en el pulso, sin ahogos en la garganta, cuando colocó, con una tranquilidad bienhechora, un montón de fichas sobre el 10, sus oídos fueron sordos al murmullo de las voces previas al "¡nadie más!" del *croupier* y al expectante silencio que como un rito envolvió la apasionada y saltarina carrera de la imponderable bolita. Viendo sin ver, sus ojos se posaron en los rasgos del número 10 que sobresalían entre las fichas a él apostadas. Y cuando el *croupier* gritó un inapelable "¡diez!" y amontonó treinta y seis veces más el número de sus fichas, las retiró sin ningún asombro, maquinalmente, como si de antemano hubiera sabido que así iba a suceder.

Del 10, detenida allí como la de un títere se detiene cuando quien jala los hilos los ha soltado, su mano dejó en el 5 casi todas las fichas que había ganado. Y cuando se repitió el seco golpe de la suerte, al caer la bolita en el mismo número y dos veces más el sorpresivo azar coincidió con cada una de sus jugadas, en las que había ido apostando fuertemente, aún su emoción era solamente estimulada por esa holgura del traje, por esa movilidad grata a sus pies, encerrados en los tibios, sedantes zapatos.

Fue entonces cuando, como cayendo de muy alto, se vio arrojado a la realidad: tenía frente a sí, suyos, completamente suyos, miles y miles de dólares en codiciadas rueditas de pasta. Al percatarse de la curiosidad asombrada de los demás apostadores y de los mirones; al sentir sobre sí la mirada ofendida y acusadora del *croupier;* al tener conciencia de lo que era su vida, sus problemas, su miseria y de lo que lo había llevado al casino, se puso tembloroso, sus nervios a punto de desbocarse y se entremezclaron dentro de él un miedo intenso de perder lo ganado y una delirante felicidad de ser dueño de las salvadoras fichas.

Los pies se le helaron mientras un calor sofocante escurrió de su traje, de pronto incómodo y pesado. Realizando un gigantesco esfuerzo por dominar el temblor de sus manos, recogió apuradamente las fichas y con extrema dificultad fue vaciándolas en los bolsillos. De un impulso titánico se desclavó de la silla, sobre la que imaginó haber permanecido larguísimo tiempo y, tambaleándose, tratando de no caer, de no dejarse arrastrar por toda una imagen del salón que danzaba ante sus ojos, luces, gentes, muebles, se dirigió a cambiar sus fichas, como quien va a transmutar, por un milagro, cobre en oro.

Ya en la calle, dueño de un apretado mazo de billetes, la brisa colaboró a darle un ligero alivio, que le permitió frenar el arrebatador deseo de lanzarse a correr. Cuando trepó en el taxi, mientras le brotaba una risa violenta y sorda, una risa que era como persona extraña y misteriosa entre su boca, deseó salvajemente gritar, de modo que lo oyera toda la gente, la extraordinaria suerte, el maravilloso azar que en tan escaso tiempo le había multiplicado los cincuenta dólares.

Al subir la quejumbrosa escalera, al picar a su olfato el desagradable olor que emanaba de la miserable vivienda, en las entrañas negras y hoscas de aquel antro al que lo había arrojado su ruina, mientras la ascensión de cada peldaño lo acercaba a su cuarto, la proximidad de la esposa, de los dos pequeños hijos, hicieron que su vertiginosa emoción se transformara en una feliz ternura.

Y, por primera vez en su vida, la certeza de haber salvado el infortunio en una hora —habían terminado cinco años de vacío y de derrota— le reveló, prodigiosamente, el perfil de la intocada felicidad.

Abrió, con cautela, la frágil puerta. En la oscuridad adivinó a su mujer aplastada por el impacto de la enfermedad; a sus hijos, que dormían gozando del único pan de los pobres: el sueño. Y cansado, suavemente, se desvistió, se metió entre las mantas. Quiso dormir, pero sus ojos estaban tercamente despiertos. A trozos, a imágenes dispersas, fue rehaciendo lo ocurrido. Pero sus recuerdos se prendían a la visión de la ruleta. Todas las escenas anteriores al instante de la apuesta, las caras de los jugadores, el *croupier*, se desvanecían ante la saltarina bolita. Vio repetirse una a una las jugadas que había hecho. Vio los cuadros, los números, las fichas y una vez más la ruleta girando. Vio el 10, las manos del *croupier* apilando las fichas. Y otra vez la ruleta, como si lo llamara. Y fue así que, como un muerto que resucita, el deseo de jugar, de apostar, mucho más fuerte, más primitivo, más avasallador y exigente que el de poseer a una mujer, lo fue envolviendo hasta convertirse en irreprimible tentación de repetir el azar, de sentir la emoción expectante de seguir la danza circular de la bolita, de atinar, de ganar sin tasa montones de fichas. Y comprendió que hubiera sido hasta capaz de matar si alguien quisiera detenerlo.

En trance, arrastrado al más urgente destino, sin hacer ruido pero con prisa incontenida, volvió a vestirse. Ciego a lo que no fuera el girar de la ruleta, salió del cuarto y bajó la escalera a saltos. Ya en el automóvil, un ansia punzante lo obligó a hostigar al chofer.

Llegó al casino. Directamente se dirigió a la mesa y tomó asiento, como comensal hambriento que quisiera devorar a la suerte.

Con todos los sentidos tensos, vibrando, trémulo, se concentró en la mágica, gigantesca ruleta. Y apostó con delirio, con pasión, con toda su alma. Y, mientras fueron escapando las fichas, sintió que la bolita penetraba en su frente y brincaba, siempre saltarina, entre las cavidades de su cráneo.

Cuando desapareció de sus manos la última ficha, se dejó caer sobre la mesa. Y no despertó más. También la bolita se detuvo en ese instante, exactamente en el 10: el impecable azar de la suerte había jugado esa noche.

QUÉ PASA, MENDOZA

> *Melbourne, Australia (INS).*—El General Surdee, Jefe de Estado Mayor del Ejército Australiano, declaró hoy que no veía muchas posibilidades de evitar una tercera guerra mundial entre el mundo occidental y la URSS y sus satélites.

¿POR QUÉ frente a ella todos mis argumentos se desvanecen y no sé qué decir? Estaba ante su tocador, arreglándose. Las piernas cruzadas, enseñando los muslos. Hosca, agresiva, omnipotente. Y los muslos...

—Esta situación no es posible, Guillermina, tenemos que buscar una solución.

—¿Cuál situación?

¡Ah, si pudiera golpearla! (¿Dónde estará ahora? ¿A qué horas llamará?)

—Ésta, entre tú y yo. Tenemos que hacer algo...

—¡Pero qué quieres que hagamos! Otra vez vamos a hablar del mismo asunto sin llegar a ningún lado.

—Es forzoso hacer algo, Guillermina. No puedo seguir así.

—¿Qué pretendes, qué quieres? ¿Que te diga que estoy enamorada de ti, que te quiero mucho?

—No, eso no; pero...

Sí, eso era. ¿Qué iba a decirle? ¿Por qué no tengo palabras, si las sabía tan bien? No se recató de pretextar una gran exasperación.

—Pero qué ¿no comprendes? No podemos hacer nada.

—Eso es lo terrible, esta sensación de que no se puede hacer nada. Necesito hacer algo.

—Es inútil, Jorge —y estaba dibujándose los labios cuidadosamente otra vez. El pincel quedó en sus manos; sus labios, rojos—, ya te lo he dicho. No tienes que hacer nada. Tienes que trabajar, tienes que pensar en otras cosas.

Mis puños apretaban la impotencia. Nuevamente el pincel tiñendo sus labios. Sus pestañas, negras, provocativas, sobre unos ojos convertidos para mí en enigmas. Y todo el cuarto impregnado de ella, de sus afeites. ¡Ella! ¡Ella! ¿Qué es un hombre en un cuarto que tiene todo el aroma de la mujer que se ama y se odia? ¿De qué vale toda una decisión ante la estrategia de un tocador?

Yo quería gritar y mis palabras eran una imploración:

—¿Cómo quieres que trabaje, cómo quieres que haga otras cosas si vivo con la sensación de que ya no me quieres, y esa sensación, la de que te estoy perdiendo, me aniquila, me quita fuerzas, me enloquece? ¡Por favor, Guillermina...!

El pincel cayó sobre el tocador. Sus manos estiraron las medias, enérgica y suavemente. Todo el cuello desnudo. La bata abierta y emergiendo entre ella la pierna, elástica, en una confusión de carne y de seda. Y la pierna apuntaba hacia mí...

—Pero si ya te he dicho que te quiero. No puedo estártelo repitiendo a cada segundo. Compréndelo, Jorge, me exasperas. No quiero ya hablar de estas cosas...

> *Hong Kong* (*AP*).—Una fuente izquierdista china dice que trescientas personas perecieron en un ataque aéreo nacionalista a la ciudad y puerto de Nig-Po. Los rojos amenazan con atacar la isla baluarte nacionalista de Formosa.

¡No puedo pensar en lo que a mí me interesa! Tengo que estar prendido a los boletines que llegan por teletipo o por teléfono desde las agencias norteamericanas de noticias en Nueva York, para dar una síntesis, cada hora, a través del noticiero de radio del periódico en que trabajo.

Y yo necesito concentrarme en mi dolor, analizar esta tortura que me agobia. ¿Dónde está la verdad? ¿Quién de los dos es el que ha fallado? Aún oigo sus amargas palabras de reproche: "Te di un amor como nadie te lo ha dado. Un amor limpio, absoluto. ¿Y qué hiciste con él? Lo tiraste por la ventana. Creí que serías mi compañero, mi novio, mi amante, todo lo que yo esperaba en la vida. Y tú lo has tirado todo, todo... ¿Cómo no quieres que te escupa mi amargura? Has matado un gran amor, quizá mi último amor. Todo te lo di y ¿qué me ha quedado? Estoy más sola que nunca; sola, sola... ¡Vete! Hoy no soporto verte..."

Mi cerebro acabará por estallar. Estoy enfermo. No puedo sino pensar en ella, en estas cosas. Hay que hacer algo, escapar a esta desesperación. Es terrible sufrir así...

Ahí llega Ernesto Julio. Entra en la redacción como si trajera la noticia para la cabeza de primera plana. No tengo ganas de hablar con nadie. Pero, claro, él vendrá a interrumpirme y tendré que soportar el estruendo de su corbata, su saco sin solapas, su camisa bugambilia y la personalidad impertinente que viste ciertos días como hoy, en que mis ojos no pueden ver esas calidades humanas que otro día deja percibir. ¡Al demonio todo el mundo! Sí, estoy desesperado y febril. ¡Y qué! Es cuestión mía. A nadie le importa.

> *Lake Succes (INS).*—El efecto ofensivo de las armas bacteriológicas es el más radical que se haya conocido en el mundo y deja en segundo lugar a todas las otras armas, incluso a la bomba atómica, declaró ayer ante la prensa el doctor Brook Chrisholm, Director de la Organización Mundial de la Salud.

—¿Qué pasa, Mendoza?

Ahí están sus manazas apretando mis brazos y sacudiéndome, dando voz estentórea a esa frase entre interrogativa y admirativa con que usualmente saluda. Me provoca una sorda irritación. Otras veces parece que con ella quiere decirme: "No pienses ya en eso, ¿qué puede hacerse para que no sufras? ¿Qué opinas del último libro de Saroyan? Vamos a trotar por las verdes praderas. Hombre, la vida es maravillosa. Mira qué tipos. Te invito a un café..."

Es casi una ofensa agresiva de alfileres. No debe preguntarse lo que no quiere decirse. ¿Qué pasa? Quisiera hallar una respuesta como bofetada.

—Nada, no pasa nada. Estoy atrasado y hay mucho material.

¿Quién puede comprender lo que yo siento, lo que yo sufro? Sería inútil explicar este gran dolor que me envuelve, este profundo, inmenso dolor.

Y luego, ese demonio... A veces me golpea una

y otra vez. Es la fugaz certeza de que Guillermina ha estado con otro hombre. Un relámpago que no puedo aprehender. Tengo que proseguir aferrado a la más negra duda, una duda destructora que me horada como gota de agua sobre una roca y que me deshace las entrañas del alma. No tengo descanso...

No, no tengo descanso. Mientras mis ojos están abiertos, ese demonio de la duda me somete al suplicio más estrujante. Ese infatigable demonio que socava mi confianza, mi tranquilidad y me persuade a ratos de que Guillermina es un ser cruel, que se burla de mí.

Entonces quisiera matarla. Matarla a ella precisamente, para descansar... La busco, esperando sorprender el menor indicio que compruebe mis sospechas. Indago, atisbo el engaño en sus ojeras, en sus actitudes, en sus ropas, en todo lo que la rodea. Mis ojos vigilan hasta su más ligero parpadeo. Y nada. Entonces me siento perdido, desolado. Si he sido capaz de suponer tales cosas, es que yo soy el culpable; yo lo he tirado todo, yo...

> *Washington (AP).*—El Congreso aprobó hoy y envió a la Casa Blanca para su firma por el Presidente Truman, un Proyecto de Ley que permitiría a la Comisión de Energía Atómica de Estados Unidos proceder al desenvolvimiento de un programa de trescientos millones de dólares para intensificar la producción de bombas en este país.

Tengo que atender esto de las noticias. Hay que transmitir las informaciones de lo que ocurre en el mundo, cuando yo vivo mi propia noticia. Y no dejan de ocurrir cosas, pero lo mío...

Es que resulta superior a mis fuerzas. Por la noche, cuando anhelo el sueño, rendido, extenuado, después de largas horas de angustia, oscilando entre el vacío y la esperanza, entre el odio y la ternura, al fin quedo dormido. Pero es sólo un momento. De pronto despierto e instantáneamente el demonio de los celos, con fuerza de impacto destructivo, sacude en mí los pensamientos adormecidos, pone en pie las dudas, aprieta los garfios de la sospecha. Y me pongo a llorar como si lo hubiera perdido todo, como si hubiera dejado de ser, como si la vida abatiera sobre mí el peso de todos los dolores y de todas las angustias... porque sé que no sé nada.

Yo sentí la verdad en mis manos, me perteneció. ¿Por qué se deja ir esa sensación grata y sedante de que las palabras del ser amado dicen exactamente lo que debe estar sintiendo, exactamente lo que debe estar pensando, lo que no se dice a nadie más? Tengo que hacer algo. No es posible que no haya ninguna manera de recuperar eso que latía con el latido de mi corazón, que era mi vida fundida en otra vida. ¿Cómo pueden llegar a desviarse las relaciones entre un hombre y una mujer que construían rítmicamente sueños, besos, hermosas palabras, fe, calor humano, amor y ahora sólo pueden levantar odios, resentimientos, dudas?

> *Washington (AP).*—En los fondos para el programa de auxilio de armamentos se incluyeron 150.500.000 dólares para la construcción de instalaciones militares de Estados Unidos en Alaska y Okinawa.

¡Ah, esta lata! Estas noticias que no cesan, que hay que dar y difundir. Pero ¿dónde empezó esto?

¿Los celos, donde surgieron? Fue la noche en que la herí, desesperado, porque me sentía herido por ella. La herí mucho más de lo que pude haber creído, mucho más de lo que me hubiera propuesto. Ella tiene muy buena memoria. Iba a recordármelo más de una vez, cobrándose. Había estado con otra mujer, despechado y alcohólico. Tuve que decírselo. Las consecuencias imposibilitaban callarlo. Me costó mucho esfuerzo y mucha vergüenza confesarlo. La escena me dejó exhausto y rendido: caí sobre la cama abrumado. Allá en la penumbra del sueño, mi conciencia, vigilante y torturada, se despertó. Ella estaba en el teléfono, a unos pasos de la cama, hablando con alguien. Su voz era la misma que había acariciado mis oídos al principio, cuando ella era amor y ternura. La misma voz que yo ansiaba volver a escuchar, la misma que había sonado antes, cuando nos enamoramos.

No entendí de pronto sus palabras, pero comprendí que iban dirigidas a un hombre. Las inflexiones de esa voz —la misma que yo ansiaba despertar para despertar mi propia vida— expresaban promesas, dulzura, coqueterías amorosas. Algo se agitó dentro de mí ante la brutal revelación. El asombro, la ira, la furia, el dolor, el despecho me envolvieron. Por un segundo casi me ganó el impulso de pegarle, de estrujarla con toda la violencia de mi ánimo. Y no pude. Me sentía culpable. La conversación había terminado. Al regresar a la cama, ante mis miradas, ella me hizo sentir que sabía que la había escuchado. Temblando, no sé si de emoción o de frío, se metió bajo las mantas. Al percibir mi agitación, su rostro dudaba entre una expresión satisfecha o arrepentida.

> *Ohrdruff, Alemania (AP).*—Las maniobras de otoño del ejército de ocupación soviético en Alemania acaban de empezar en la región de Ohrdruff, al sur de Erfurt y en la selva de Turingia. Participan unidades de todas las guarniciones de la zona oriental, así como muchas formaciones de la policía popular.

Tal vez hubiera sido mejor golpearla. Mi sentimiento de culpa fue mezquino: trató de liberarse cobardemente. ¡Y qué le dije! "Bueno, Guillermina, estamos a pre." Como me sentí liberado —a una iniquidad, otra peor—, agregué:

—Hubiera dado de mi vida cualquier cosa por ser yo el hombre que ha estado al otro lado del teléfono. Hubiera dado cualquier cosa por ser ése para quien tu voz sonó como ya no suena para mí. Hubiera dado todo porque esa voz me la hubieras dado a mí. Esa voz, la tuya, la de tu ternura...

Estaba destrozado. Hay actitudes para las que no hay impunidad. Me sentí como quien acaba de perderlo todo, inmensamente solo, una pequeñez soportando una montaña. Me solté a llorar con un llanto desconsolador, impotente, inconsolable. Fue entonces cuando ella me tomó, como una madre toma al hijo perdido. Me recostó sobre su regazo y dejó que me acostara sobre ella, mientras me acariciaba maternalmente, reprendiéndome como se reprende al hijo que sufre por su propia culpa. Y sonando su voz, la que yo deseaba, me consoló:

—¡Tonto! No hablaba con nadie. Ha sido una farsa, un tango. Quería enseñarte que yo sé hacerlos. Quise vengarme. Estamos a pre.

Me dormí sobre ella y ella era la tierra, el universo. Dormí sobre mi propia vida, sobre lo más amado, sobre la paz de la tormenta de un hombre. Tenía en mi mano, apretadas, todas las angustias humanas y todas esas angustias se habían dormido también en la tibieza de una ternura. Toda la soledad, el sufrimiento de un hombre, sobre una mujer, descansando bajo la sombra de un nombre amado.

> *Washington (INS).*—La Cámara de Representantes aprobó hoy y envió urgentemente al Senado el Informe Bicameral sobre el Proyecto de Ley para financiar el programa del Presidente Truman para el rearme de las naciones no comunistas, que comporta créditos ascendentes a 314.010,000 dólares.

Desperté. Desperté porque el hombre vive y no puede detenerse y la vida —con dolor o sin él— exige seguir adelante. Y porque tal vez nunca será posible tener en la mano lo que uno anhela si no hay la inquietud de perderlo o porque el tránsito por la vida es la búsqueda implacable y estéril de lo que tendremos sin tener, de lo que tenemos sin querer, de lo que tenemos y no queremos.

Al abrir los ojos, abrieron también los ojos las más punzantes dudas. ¿Una farsa? ¿Un tango? ¿Hablaba con alguien? ¿Me engañó? ¿Cuál era la verdad? La sacudí.

—¡Con quién hablaste anoche, Guillermina!

Ella era de nuevo la Guillermina fría, indiferente. Ella se había vuelto a ir, había vuelto a fugárseme y yo estaba otra vez en medio de la calle, ciego. Fue cortante y había irritación en su respuesta:

—Si no me crees, peor para ti. No podría convencerte. Ya te dije que fue un tango. Si no lo crees, no puedo hacer nada más.

Fue inútil. Yo era una rata atrapada. Una rata tratando de saber, a destiempo, dónde está la trampa. Me iba a lanzar a un laberinto calcinante: si había alguien o no al otro lado del hilo telefónico. Toda mi imaginación, todas mis energías se pusieron a trabajar febrilmente. Me convertí en el más empeñoso, en el más incansable y tenaz detective atormentado por hallar una huella, un dato, de un asunto inaprehensible. E iba a saber que cuando una mujer ha decidido no hablar, ninguna piedra podría ser más inconmovible. Iba a convertirme en un topo cavando en el mar.

> *Akron, EE. UU. (INS).*—El General Omar Bradley, Jefe del Estado Mayor Norteamericano, advirtió hoy que los Estados Unidos deben prepararse a contestar rápida y duramente un ataque ruso, porque éstos pueden ser lo suficientemente locos como para lanzar un ataque atómico, aunque sólo posean una docena de bombas.

¡Bombas! ¿Y qué peor destrucción que la mía? Ella estaba ante su tocador. Allí estaba, concentrada en embellecerse, creando su mundo, y yo con el impulso de pedirle perdón. Sí, perdón. Hay ira y la inflexión de quien pide clemencia en mi garganta. Una ira pastosa que me aprieta la lengua.

Todo se ha perdido. ¡Qué importa todo lo que me rodea! Tal vez me decida. Tal vez lo mejor sea decidirme a lo último. ¿Para qué seguir viviendo? ¿Qué defensa tengo? ¿En qué puedo creer? La moral está azolvada. Las pasiones, el miedo a la vida, los errores, las flaquezas han dejado demasiado lodo en la vida. Ni los héroes, ni los santos, ni los hombres de buena voluntad han podido desazolvar los drenajes de los caminos que andamos hacia una vida que queremos vivir y no sabemos o no podemos vivir... Sí, estoy también sucio. Estoy perdido. Quiero la paz, no quiero ya sufrir...

> *A bordo del buque insignia* El Dorado *(INS)*.—Las mayores maniobras militares desde la segunda Guerra Mundial fueron emprendidas en el Pacífico, congregándose ciento veinte navíos frente a la costa de California para un "asalto" en grande escala destinado a "reconquistar" las Islas Hawai.

Ahí está otra vez Ernesto Julio.

> *Guatemala (INS)*.—El número de muertes causadas por el terrible temporal que ha azotado a Guatemala pasa de 3,000, de acuerdo con los recuentos efectuados con varias regiones que permanecieron aisladas. Los cálculos anteriores indicaban que el número de muertos pasaba de mil y que el de desaparecidos era considerable.

—¡¿Qué pasa, Mendoza?!

Está ahí, los brazos en jarras, la cabeza hacia adelante, esperando que yo responda.

—Nada, lo de siempre: la guerra, la bomba atómica... las cosas de todos los días.

EN CUALQUIER CIUDAD DEL MUNDO...

> Es la nocturna hora en que bostezan los sepulcros
> y en que el mismo Infierno envía a este mundo
> su aliento corrompido.
>
> SHAKESPEARE

LA FUERZA centrífuga, ígnea, escapando de sí misma con furia de diez mil huracanes, abriéndose paso circular para consumirlo todo en su hornaza insaciable, desplazó su muerte, para triturar cada molécula, cada partícula, cada átomo de vida en cualesquiera de sus formas y crear un tiempo no concebido, fuera del tiempo, estéril, sin sangre, ni agua, ni aire, licuando la vida fluyente o estática, pasado y presente, grandes y pequeñas historias, el instinto reproduciendo a la especie brutal o amorosamente, siglos erigidos segundo a segundo en formidable y colosal impulso del sexo la mano el corazón la mente, células, fibras, materia orgánica y materia inerte, dolor, alegría, coraje y miedo de vivir, matrices, el azar, el destino, el hombre.

Apresurada, con los paquetes bajo el brazo. Regordeta, vestida con un traje de tela primaveral. Tacón medio. Levemente despeinada. "Se me ha hecho tarde. Me gasté lo que traía." Estuvo de compras. Se le fueron los ojos en todo. "Dan ganas de llevarse tantas cosas. Las presentan tan bien." Iba por unas tobilleras para los chicos. "¡Cómo las gastan, Jesús!" Escogió unas para Imelda —cinco años—, blancas, azules y color de rosa, con adornos bordados. "Mi hija, ¡tan presumida!, le van a encantar." Las buscó por varias tiendas, hasta hallar las más baratas. Necesitaba también unos pantaloncitos vaqueros para Miguelito. Encontró unos buenos, de tela durable. Y luego, ¡aquellas pantaletas! Sintió una íntima coquetería de pensar que estaría muy a gusto en ellas. Y una audacia: pidió las transparentes, de color negro. Tomó otras dos —"¡pero si ya no tengo!"—. Se lo había dicho a él, en broma. "Mira, me subo al camión con temor de que vayan a verme con esto —y le tendía la pantaleta agujereada—, ¡tienes que darme para que me compre unas!" Él emitió nada más un sí ronco, poco claro y se concentró de nuevo en la lectura del periódico. Las llevaba bajo el brazo, con los otros paquetes: una crema, un cuchillo para la verdura, un delantal —"regalado"— para la tía Rosaura. "¡Qué horror, qué caro está todo! No compré nada y se me fueron cincuenta pesos." Atravesaba la plaza, a la terminal del tranvía, con ánimo de llegar pronto. Su impulso de caminar, toda ella hacia adelante, embebida en acercarse a la esquina en que abordaría el transporte, se deshizo para confundirse en el colosal caos de la destrucción implacable, atomizando paquetes, pantaletas, tobilleras, delantal, los brazos que apretaban las compras, el cuerpo y su energía en movimiento hacia un pequeño, importante, tierno, diario destino disuelto al fuego, y al impacto de la radiación asolando entre sonidos crepitantes, síntesis de millones de ruidos de millones de cosas resquebrajándose al unísono.

La mano mendiga de la anciana vestida de negro, con la falda hasta el tobillo, falda sucia, el chal como hecho de polvo y la mano un poco cabeza de sierpe, los dedos boca tratando de atrapar una moneda y la vocecilla chillona, hipócrita, con su cantaleta desde un rostro enjuto, arrugado, pequeños ojos escondidos y la boca sin dientes, fruta podrida —"¡ayúdeme, señor, una limosna para esta pobre viejecita que no puede trabajar!"—, atravesando el menudo, encorvado cuerpo ante los transeúntes, extendiendo la mano en imploración tercamente insistente y bajo las sucias ropas, un esqueleto, visible bajo la piel ya sin grasa, desintegrada la postura, evaporada la mano, el brazo, esa vejez, la blanca mata de pelo raído, en la combustión expandiéndose como infierno redondo.

El joven —el escritor— dando vueltas nerviosas, las pruebas de imprenta bien presas en la mano, olorosas a tinta fresca, su cerebro trabajando activamente, inspirado, febril, bordando nuevas ideas para otro libro, palabras interiores concretando frases perfectas entregadas al cerebro —luego la lucha de extraerlas hacia el papel—, ansioso de que llegara su amigo a compartir su creación y al llevarse el cigarro a la boca, la mano presta a colocarlo maquinalmente, al ir a quedar entre los labios, la boca previamente lista a recibirlo y los pulmones a absorber el humo, acción inconsumada al tocarlo la parte de la explosión a él predestinada al disolverse desde el cerebro hasta las uñas de los pies, al igual que la idea, desarrollada en noches de insomnio, germinando poco a poco como maravillosa semilla y ahora perdida para siempre con él, con las hojas de las pruebas, todo eso que él había escrito, difícilmente, entre dudas y victorias, tachando, enmendando, agregando, toda otra vida naciendo por magia de su creación, en la que empezaban a latir otros seres, absorbidos también en la nada del exterminio huracanado.

El bolero lustrando el zapato del otro hombre, inclinado sobre su oficio, con afán momentáneo de sacarle espejeante brillo a la piel negra, pensando en la pelea de los boxeadores que iría a ver esa noche, móviles los músculos de las manos, de los brazos y el torso, el cuerpo tenso y las piernas balanceándose suavemente al ritmo de cada trapazo que rechinaba al contacto rápido del frote —"¿no va usted a la pelea? Va a estar buena, Filo tiene un *punch* a todo dar"— y el otro hombre, de pie, que iba a responder, puesta la mirada sobre el negro cabello del bolero, como descansándola allí, en observación de los filamentos capilares, escuchando el rechinido que salía de su zapato, con satisfacción, calculando qué tan brillante quedaría el lustre de ese zapato, en espera de emprender sus pasos hacia la cafetería, a la tertulia con los amigos, él, los zapatos, el brillo de la piel, el afán de los brazos del bolero, su decisión anticipada de irse, pasaron a ser un ayer remoto en el tiempo sin medida ni tasa, al soplo imprevisto de la muerte proyectada hacia todos los puntos.

La muchacha de bellas formas, labios florales, ojos manando alegría, la felicidad de verlo a él, su cabello rubio, su cara, sus ojos, sus pies que recorrieron su joven edad, sus senos, su sexo virgen, sus piernas elásticas, su cerebro, sus manos, se hicieron aire negro, espeso y nadie vio, y si vio no podrá decirlo nunca, ese segundo final en que ella iniciaba un giro de su rostro, buscando el reloj en una altura, los ojos virando a la izquierda, bajo las hermosas cejas, a punto de fijar su luz óptica sobre el horario que marcaba las 5.15 de la tarde, ni nadie sabrá a qué velocidad se desintegraron su carne, sus músculos, sus huesos, sus vísceras, sus dientes, sus nervios, sus venas, sus líquidos, su saliva, sus cabellos, sus nalgas, su corazón, su nombre.

El anciano, sentado en la banca, envuelto en grueso abrigo, el sombrero de ancha ala, calado, agachada la cabeza, tosijoso, reposando un momento por su alta presión arterial, una mano sobre la rodilla, de apoyo, un brazo recostado sobre la pierna, la barba blanca, tiesa, un poco sucia de partículas de saliva, los ojos clavados en el suelo, ojos opacos, todo en descanso, sin ningún estímulo previo de intentar moverse, salvo el pecho móvil por la respiración fatigosa, combustible veloz de la fuerza centrífuga.

El hombre tan seguro de sí, robando más espacio en el espacio por la holgura de sus ademanes, precisos, enérgicos, abiertas las piernas sosteniendo el cuerpo, erecto sobre el umbral de la puerta del restorán, viendo altaneramente a quienes pasaban, lanzando miradas impertinentes a las mujeres, picoteándose las junturas de las encías con un mondadientes, escupiendo de vez en vez despreciativamente y la delgada tela del pantalón dejando dibujar la forma atlética de los músculos de las piernas, macizos, compactos, fuertes, como modelados al golpe certero de un escultor de firme, maestro pulso y de inaudita experiencia anatómica, todo él, el hombre, una dinámica humana, proyectil que podría saltar y abrirse paso ante cualquier obstáculo —"¿a qué hora llegará este carajo?"— en ese momento en que aparecía la chiquilla vendiendo chicles, tan bonita, tan llena de gracia, ojos de ingenua picardía, con unos zapatones viejos, tan estropeados, pero incapaces de descomponer las puras líneas de dos piernecillas hermosas, anticipando las de una mujer que las tendría muy bien torneadas, frente a ese señor ante quien otros hombres bajaban la mirada, reconociendo su superioridad física, seguros de que podría aplastarlos incluso sin ningún motivo, porque sí, por esa emanación de esa fuerza tan suya y quien a ella, a la niña —él, egoísta, dedicado a turbios negocios, pendenciero, aficionado al juego, a pegar a las mujeres, a burlarse de sus amigos, a buscar dinero de cualquier manera lícita o no, sin respeto a ninguna norma—, siempre que estaba allí le compraba chicles y le regalaba un billete grande, diciéndole palabras de una ternura galante, bondadosas y que le causaban a ella una felicidad que no tenía allá en su casa, con la madre siempre enojada, gritona, jalándole las orejas, como a sus hermanitas, en los arrabales donde vivía y donde la vida era invitación a escapar a la calle, aprendiendo cosas interesantes, oyendo conversaciones, conociendo gentes curiosas, buenas o malas, viendo los escaparates con otros chicos, comprando a veces un dulce, ahora dibujando una sonrisa al descubrir a su amigo, tan poderoso, tan bueno e incitada porque él, al divisarla, le sonrió de lejos, como aflojando su altanería, como apagando lo irritante de su fuerza, con afecto y al acercarse a ella, tendiéndole la cajita con los chicles y él ya metiendo una mano en un bolsillo, para darle el billete acostumbrado, sin que se consumara el final del pequeño acto y la manecita mugrosa, apretando la cajita y todo lo demás, su infancia íntegra, el rabón vestidito de percal, el fondo de tela corriente, la camiseta de uno de sus hermanos y sus calzones de manta, los zapatones y su madeja de pelo, despeinado y terso, sus mejillas sonrosadas, sus ojitos vivaces, la barbilla que estimulaba a hacerle un cariño y las pequeñas orejas, a pesar de la cerilla, finamente recortadas, el tierno cuello, con un lunar, la barriguilla hacia afuera, las rodillas sucias con costras de pequeñas heridas, cicatrizando, sus nueve años completos licuados al mismo tiempo que la musculatura del hombre, tan resistente y su último gesto, su final intento de dar el billete y decir una palabra dulce, irrealizados al tocarlos el impacto relampagueante que en milésimos de segundo derribaba, humillaba también toneladas de concreto, hierro, piedra, ladrillos, madera, que habían tomado formas arquitectónicas por esfuerzos de millones de hombres y generaciones y dejaban ya de alzarse en moldes aéreos o pesados, con gracia o sin ella, pero útiles, audaces, altos, múltiples.

La muchacha bajo la ducha, a solas con su propia desnudez, enjabonándose los senos, tarareando una canción, dejando correr las gotas de agua sobre su piel...

El cantinero, tras la barra, limpiando las copas de cristal, observando a ese cliente tempranero que bebía desesperadamente...

El padre, llegando a casa, asombrado ante su recién nacido hijo, durmiendo en su cuna, como si fuera la primera vez que lo viera, con ganas de darle un apretón de manos admirativo...

El obrero, allí en la cumbre de un esqueleto de hierro de un nuevo y alto edificio, remachando la unión de dos soportes, cubiertos los ojos con una máscara contra el acetileno, colgados los pies a los lados de la vigueta, sudoroso, con la misma sensación de un artista que estuviera creando una obra maestra...

El niño saboreando su golosina, preocupado en terminarla rápidamente...

La madre, bañando a su hijo, amorosamente, platicando con él como si fuera persona mayor, como si ella fuera la propia agua tibia, sedante, alegre...

El hombre sobre la mujer, besándola con suave, apremiante furia, la boca hecha pura ansia, el labio sed, encerrados allí en un cuarto, a oscuras, ella con la mano trenzando los cabellos de él, gimiendo delicias y gratitudes y él, absorto en el cuerpo de ella, todos los deseos en feliz despertar, buscando ese milagro del placer, confundidos en secreto, desesperado abrazo, la carne exaltada, cumpliendo una urgencia humana, terrible y bella, queriendo los dos ser uno solo, crear un tiempo rítmico eterno, las manos en vibrante tacto, metódico y silencioso, el hombre y la mujer entregados al amor de la carne y en la piel, en sus glándulas una necesidad de sentir, de ser, en dionisiaco asombro, prodigiosamente desnudos, fuera la ropa que socialmente lo sitúa a él abajo o arriba de otros hombres, ahora un Adán en su paraíso y ella, en secreción genital, el pudor olvidado, enervada, ebria, la compañera, la Eva, ambos repitiendo ese momento cumbre del cuerpo, al que se elevaron los demás, humanos y geniales instrumentos de una ley que perfeccionan para sus propias prisas, con el beso, con las manos, con el sexo, en ese instante cuando las ropas aguardan tiradas en el suelo como huellas que fue dejando el instinto, el saco mal colgado de la silla, los pantalones sin musculatura, en desorden, la camisa abandonada, los zapatos vacíos en discreta espera, el vestido de ella que alcanzó a quedar colocado con cuidado, el fondo de seda arrojado a un rincón, el brasier sin respiración, mustio, las pantaletas resbaladas al pie de la cama, las medias siempre a salvo del olvido, puestas a resguardo y ellos dos ajenos a sus documentos telares, a sus posiciones sociales, consumidos con sus instintos, con su deseo, apagados sus besos para siempre ante la furia tenaz que destruye en todos los cuartos, en todas las recámaras, en todos los desvanes, en todos los burdeles, en todas las bohardillas, en todos los espacios que un hombre y una mujer encuentran para la cita del sexo, toda posibilidad de que bajo su lumbre amorosa vuelva a instituirse el fugaz paraíso y de que los cuerpos puedan ser lumbre vital ahora solamente leña de la voraz ignominia capaz no nada más de destruir la vida, sino la esperanza de que otras vidas hubieran podido florecer nacidas del placer salvadas en el espasmo milagrosa semilla arrojada a la matriz que la explosión deseca en la nada para imponer una muerte de muerte al hombre y también a su especie.

Este libro se terminó de imprimir el día 4 de marzo de 1987 en los talleres de Lito Ediciones Olimpia, S.A. Sevilla 109, y se encuardernó en Encuadernación Progreso, S.A. Municipio Libre 188, México 03300, D.F. Se tiraron 20,000 ejemplares.